이해력이 쑥쑥
교과서 관용구
100

어휘력 점프 1

이해력이 쑥쑥 교과서 관용구 100

글 **김종상** | 그림 **이예숙**

아주 좋은 날

'관용구의 신'이 될 수 있는
비밀을 알아냈어!
"쉿! 우리 반 애들한테는 비밀이야!"

엄마와 아빠가 이웃집 이야기를 하고 있어.

"그게 뭐 얼굴 구길 일이라고 발을 끊다니."

"밑도 끝도 없이 그게 무슨 소리예요?"

"민이네가 정이 엄마 입이 가볍다고 했나 봐."

"그래서 서로 등을 돌렸다는 말이에요?"

"아예 담을 쌓은 모양이야."

엄마 아빠의 대화에 나오는 '얼굴 구길 일', '발을 끊다', '밑도 끝도 없이', '입이 가볍다', '등을 돌렸다', '담을 쌓은' 같은 말은 대체 어떤 뜻일까? 그 본래의 뜻과는 다른 의미로 쓰이는 이런 말을 관용구라고 해.

'관용(慣用)'은 습관적으로 쓴다는 뜻이고, 구(句)는 두 개 이상의 낱말이 모인 토막글을 말해. 관용구(慣用句)란 오래 써오는 동안 본래의 뜻과는 다른 의미로 굳어진 짧은 문장을 말하지. '얼굴 구길 일'의 본래의 뜻은 '얼굴에 구김살이 생길 일'이지만 관용구로서의 의미는 '체면이 깎일 일'이고, '발을 끊다'는 서로 오가지 않는다는 말이야. '밑도 끝도 없이'는 갈피를 잡을 수 없다는 것이고, '입이 가볍다'는 말을 못 참는 것이며, '등을 돌렸다', '담을 쌓은'은 관계를 끊었다는 뜻이지.

특히 초등학교 시절은 우리 친구들이 많은 책을 읽을 수 있는 좋은 시기야. 그래야 어휘력도 늘어나고 많은 지식을 얻을 수 있어. 그러면 글쓰기도 쉬워지지. '책은 보물창고'라는 말을 기억하도록 해.

책을 읽다 보면 새로 알게 되는 낱말들이 많을 거야. 그것들의 바른 뜻을 알도록 노력해야 해. 보통 낱말과 달리 관용구는 풀이가 쉽지 않은 경우가 많아. 관용구는 비유와 상징을 품고 있는 경우가 많기 때문이야. 그럴 때 이 책을 펼쳐서 읽으면 큰 도움이 될 거야. 저절로 '관용구의 신'이 되는 길이기도 하지.

이 책은 각각의 관용구가 어떤 뜻인지 풀이해 주고 나서 실제로 어떻게 활용되는지를 생활글로 직접 보여주고 있어. 그러고 나서 관용구가 들어간 동시를 읽게 되면 그 깊은 의미와 문학적 표현까지 이해하게 되는 깜짝 놀랄 마법이 일어나게 되지.

각각의 관용구에는 그 관용구가 나오는 국어 교과서의 학년을 표시해 두었어. "어, 내가 3학년 때 배웠던 관용구다!"라고 말하는 친구도 있고, "이건 이번 학기 국어 교과서에 나오겠네!"라고 말하는 친구도 있겠지? 올해 내가 배울 관용구는 어떤 것들이 있는지를 찾아보는 것도 재미있을 거야.

반에서 '관용구의 신'이 되고 싶은 친구들이 많을 거야. 자, 지금부터 우리 함께 '관용구의 신'이 되는 길에 들어가 볼까?

차례

01 가슴이 넓다

초등 4학년 2학기 교과서 수록

 무슨 뜻일까?

'가슴'은 사람의 몸을 말하고, '넓다'는 면적에 관한 말이야.

하지만 '가슴이 넓다'는 이해심이 많다는 뜻이야.

'가슴'이나 '넓다'가 본 뜻과 다르게 쓰이는 거지.

'가슴이 뜨겁다', '가슴을 열자'도 '사랑'이나 '관용'에 관한 말이야.

상징적인 의미를 갖고 있는 관용구지.

 이럴 때 쓰는 말이야!

선재가 아버지께 말했어요.

"아빠, 내 짝은 양치질을 안 하나 봐요."

"너도 세수 안 할 때가 있잖니?"

"크레파스도 안 가져 와서 내 걸 썼어요."

"너도 지우개 빌려 쓴 적이 있다며?"

"아빠, 그게 아니라니까요."

"사람은 가슴이 넓어야 해."

반달곰의 자랑

반달곰이 잘난 체를 했어요
"난 가슴이 넓어.
하늘만큼!
봐, 반달도 떠 있잖아."

사슴이 콧방귀를 뀌었어요
"칫, 그럼 뭐해.
다람쥐가 도토리 좀 먹었다고
토라지면서.
가슴이 넓다는 건
너그럽고 이해심이 많다는 거야."

가슴이 뜨끔하다

무슨 뜻일까?

'가슴이 뜨끔하다'는 떳떳하지 못한 일로

마음이 켕기는 경우에 쓰는 말이야.

잘못이 있거나 속에 걸리는 일이 있어 마음이 편치 못한 것을 뜻하니까,

'양심의 가책을 받는다'는 표현이야. '가슴이 찔리다'라고도 하지.

이럴 때 쓰는 말이야!

선생님이 동시를 써내라는 숙제를 내셨어요.

어떻게 써야 할지 몰라 강소천 선생님의 동시 '닭'을 본떠서 써냈어요.

"동시 쓰기는 창작입니다. 남의 글을 베끼거나 본떠 쓰면 안 돼요."

선생님 말씀에 가슴이 뜨끔했지만 나는 아무렇지 않은 척했어요.

그런데 써냈던 동시가 머릿속에서 뱅뱅 맴돌았어요.

"젖 한 모금 빨아먹고, 엄마 얼굴 쳐다보고.

또 한 모금 빨아먹고, 아빠 얼굴 쳐다보고."

아기 개미

아기 개미 한 마리를
실수로 밟아 죽였어요

'아기를 찾습니다'라는
피켓을 들고
개미들이 몰려왔어요

나에게도 전단지를 주었어요
'우리 아기를 잃었어요.
보았으면 알려주세요.'

나는 가슴이 뜨끔했어요
깜짝 놀라 깼더니
꿈이었어요.

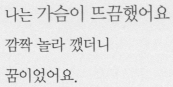

가자미눈을 뜨다

무슨 뜻일까?

우리는 몹시 화가 났을 때나 미운 사람을 볼 때

눈을 한쪽으로 몰아서 흘겨봐.

가자미는 두 눈이 한쪽 얼굴에 몰려 있어서 꼭 흘겨보는 것 같아.

그래서 미운 사람을 흘겨보는 것을 '가자미눈을 뜨다'라고 하는 거야.

이럴 때 쓰는 말이야!

처음에는 가자미도 눈이 얼굴 양쪽에 하나씩 붙어 있었대요.

하루는 메기 장군이 가자미에게 꿈 풀이를 부탁했어요.

"하늘을 나는 꿈을 꾸었는데, 무슨 뜻일까?"

"장군님이 죽을 꿈입니다."

화가 난 메기 장군은 가자미의 뺨을 철썩 후려쳤어요.

가자미는 슬피 울면서 가자미눈을 떴어요.

그때부터 가자미눈이 한쪽으로 몰렸대요.

울긴 왜 울어

조심하라고 해도 듣지 않더니
네 손을 네가 베고 울긴 왜 울어
내 말을 들었으면 아무 일 없었지
동생을 향해서 가자미눈을 떴어요

위험하다고 해도 괜찮다더니
네 칼에 네가 베고 울긴 왜 울어
나보고 아프다고 말하지 마
동생이 미워서 가자미눈을 떴어요.

간담이 서늘하다

04

무슨 뜻일까?

'간담'은 '간과 쓸개'이고, '서늘하다'는 '조금 춥다'는 뜻이야.

글자 그대로 풀어보면 '간담이 서늘하다'는

'몸 속에 있는 간과 쓸개가 추위를 느낀다'는 말이 되지.

그런데 여기서 '간담이 서늘하다'는

매우 무섭거나 놀라서 몸이 오싹해진다는 뜻이야.

이럴 때 쓰는 말이야!

동생과 함께 엄마를 따라 유원지에 놀러 갔어요.

호수에는 오리 배가 떠다니고 언덕에는 레일썰매도 있었어요.

나는 동생과 함께 번지점프 하는 것을 구경했어요.

가물가물하게 높은 곳에서 줄 한 가닥만 허리에 매고 뛰어내리다니!

보기만 해도 간담이 서늘했어요.

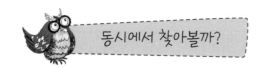
호랑이 조각상

계명산 등산로에는
황소만 한 호랑이 조각상이 있어요
꼭 살아있는 것 같아요

가까이 가니 '어흥!' 하며
달려들 것 같았어요
간담이 서늘했어요.

19

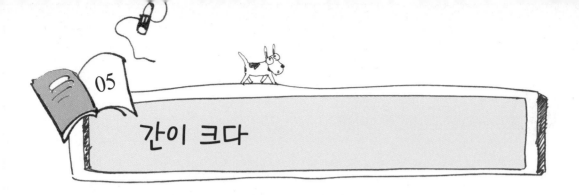

05 간이 크다

 무슨 뜻일까?

겁 없이 대담하고 용감한 것을 '간이 크다'라고 해.

'간이 배 밖으로 나왔다'라고도 하지.

반대로 마음이 약해서 겁이 많으면 '간이 작다',

'간이 콩알만 하다'라고 말해.

 이럴 때 쓰는 말이야!

이웃집에는 무서운 개가 있어요. 나를 보면 정중정중 뛰면서 컹컹 짖지요.

묶어놓았지만 나는 그때마다 간이 콩알만 해져요.

순하니까 두려워하지 말라고 주인 아저씨는 말씀하셨어요.

"개가 뭐가 무섭니? 내가 가 볼까?"

형이 큰소리를 쳤어요.

"그래, 가 봐."

개가 달려들듯이 날뛰었지만 형은 겁도 없이 성큼 다가갔어요.

그랬더니 개가 꼬리를 흔들며 넙죽 엎드리지 않겠어요?

나는 형이 참 간이 크다고 생각했어요.

수탉과 나비

수탉이 모이 찾아
마당으로 나왔어요

나비가 팔랑팔랑
따라가고 있어요

빨간 볏이 고와서
꽃인 줄 아나 봐요

잡히면 어쩌려고
간도 큰 노랑나비.

06 감투를 쓰다

 무슨 뜻일까?

옛날 관리들이 쓰던 모자를 '감투'라고 해.

임금은 곤룡포를 입을 때는 면류관을, 평상복을 입을 때는 익선관을 썼어.

선비는 평상시에는 정자관을, 과거에 급제하면 복두를 썼지.

사대부들은 보통 동파관을 썼어. 쓰는 모자에도 구별이 있었지.

그런데 직책이나 직위를 나쁘게 말할 때도 '감투'라고 해.

그러니까 '감투를 쓰다'는 벼슬자리에 오른 사람을 낮춰서 하는 말이야.

 이럴 때 쓰는 말이야!

아파트 부녀회장이 된 게 감투를 썼다고 생각하나 봐요.

부녀회장 아줌마가 우리 엄마보고

'이거 해라. 저거 해라' 자꾸 명령을 해요.

정말 웃겨요.

22

꼴꼴 꼴레리

우리 반 용민이가
청소반장이 되었어요
감투를 썼다고
하루 종일 자랑해요

수민이와 나는 놀려 주었어요
"용민이는 감투를 썼다네.
얼레리 꼴레리, 꼴꼴 꼴레리!"

07 고개를 숙이다

초등 4학년 1학기 교과서 수록

무슨 뜻일까?

'고개를 숙이다'에는

① 내려다 보다, ② 인사를 하다, ③ 사과를 하다, ④ 자세를 낮추다,

⑤ 겸손한 태도를 보이다' 등 여러 가지 뜻이 있어.

①, ②는 행동이고, ③, ④, ⑤는 마음을 드러내는 거야.

잘못이 있을 때 겸손하게 사과하는 것을 '고개를 숙이다'라고 해.

남에게 아부하거나 복종하는 것도 '고개를 숙이다'라고 하지.

이럴 때 쓰는 말이야!

노인에게 예의 없는 행동을 했던 젊은이가

고개를 숙여 사과하는 뉴스가 나왔어요.

방송 기자가 말했어요.

"예의가 사라져 가고 있는 사회가 참으로 안타깝습니다."

24

주면서도

초롱꽃, 솔나리는
꿀과 꽃가루를
공짜로 주면서도
도리어 고맙다며
고개를 숙여요

금낭화, 할미꽃은
빛과 향기까지
더 주면서도
도리어 감사하다고
고개를 숙여요.

08 골탕을 먹이다

초등 3학년 1학기 교과서 수록

 무슨 뜻일까?

'골탕'은 소의 머릿골이나 등골을 맑은 장국에 넣어서 끓여 먹던 국이야.

그러니까 '골탕을 먹는다'의 원래 뜻은

맛있는 고기 국물을 먹는다는 것이지.

하지만 여기서 '골탕을 먹이다'는

계획적으로 큰 손해를 보게 하거나 낭패를 당하게 만드는 것을 말해.

 이럴 때 쓰는 말이야!

"이 옷 어때? 예쁘지?"

가영이는 오늘도 옷 자랑을 했어요.

"쟤, 골탕 좀 먹일까?"

우리는 가영이 몰래 의자에 껌을 붙였어요.

"엄마야, 이게 뭐야?"

화장실을 다녀온 가영이가 의자에 앉았다가 벌떡 일어났어요.

치마가 의자에 붙어 있었어요. 우리는 손으로 입을 막고 킥킥거렸어요.

옷 자랑하다가 골탕을 먹은 게 고소했거든요.

동생을 골탕 먹이려다가

동생을 골탕 먹이려고
현관 앞에 장난감 블록을 놓아 두었어요

'히히, 지나가다가 넘어질 거야!'
그런데 내가 도리어 골탕을 먹었어요

동생은 펄쩍 뛰어서 넘어갔는데
나는 깜빡 잊고 걸어갔거든요

"나 골탕 먹이려다가 골탕 먹은 기분이 어때?"
동생이 헤헤거렸어요.

09 군소리 없다

초등 5학년 1학기 교과서 수록

 무슨 뜻일까?

'군소리'는 하지 않아도 좋을 쓸데없는 군더더기 말이야.

그러니까 '군소리 없다'는 꼭 필요한 말만 한다는 뜻이지.

 이럴 때 쓰는 말이야!

우리 교장 선생님은 말씀이 참 많으세요.

그래서 조회시간이 너무 길어요.

"에–또, 그러니까 수업 시간에 졸지 말고,

에–또 그러니까 떠들지도 말고,

에–또 친구랑 싸우지도 말고,

에–또 횡단보도도 잘 건너고, 에–또……."

우리 교장 선생님이

군소리가 없어지는 날은 언제일까요?

마음이 예쁘면

마음이 예쁘면
얼굴도 예쁘고
생각이 맑으면
행동도 맑아요
마음과 생각은
군소리가 없지요

말씨가 고우면
행동도 곱고요
태도가 좋으면
예절도 좋아요
말씨와 태도는
군소리가 없지요.

10 군침이 돌다

초등 6학년 2학기 교과서 수록

무슨 뜻일까?

음식 생각만 해도 입안에 침이 고일 때가 있지?

그게 바로 '군침'이야.

어떤 물건을 몹시 갖고 싶어 할 때도 '군침이 돈다'고 하지.

그러니까 '군침이 돈다'는 무엇을 먹고 싶거나 갖고 싶다는 말이야.

이럴 때 쓰는 말이야!

나중에 요리사가 되겠다는 호식이가 말했어요.

"나는 피자집 간판만 봐도

입안에 군침이 돌아."

나중에 커서 발명가가 되겠다는

하랑이가 말했어요.

"난 네가 선물 받은

'책 읽어 주는 로봇'을 보면 군침이 돌아."

뒷산에서

뒷산에 올라가다가 물이 떨어졌어요
"아이, 목말라,
빨리 물을 구해야 해."

그때 형이 말했어요
"엄마가 만들어준 떡볶이를 떠올려 봐.
입에 군침이 돌 거야."

"그게 무슨 말이야?"
"군침으로 목을 축이란 말이야."

나는 형 말대로 했어요
거짓말처럼 입에 침이 돌았어요
목 마른 게 좀 나아졌어요.

11 귀동냥을 하다

초등 5학년 2학기 교과서 수록

 무슨 뜻일까?

무엇을 정식으로 배우지 않고 남들이 주고받는 말을

옆에서 얻어듣고 알게 되는 것을 '귀동냥을 한다'고 해.

'서당 개 삼 년이면 풍월을 읊는다'는 말 들어 봤지?

서당에 오래 살다 보면

'귀동냥으로 저절로 글을 깨치게 된다'는 속담이지.

 이럴 때 쓰는 말이야!

"오 곱하기 오는?"

멀뚱멀뚱 천장만 바라보고 있는데, 동생이 잽싸게 대답했어요.

"이십오."

"사 곱하기 사는?"

"십육."

이번에도 동생이 먼저 대답했어요.

"우리 동우가 형 옆에서 귀동냥을 하더니, 형보다 낫구나!"

엄마가 동생 머리를 쓰다듬었어요.

내 맘이야

다음 주 장기자랑 때
노래를 부르기로 해서
저녁마다 연습을 했어요

동생이 자꾸 따라 불러요
"내 노래야. 부르지 마!"
"내 맘이야. 상관 마!
내가 언니보다 더 잘 부른다, 뭐."

치, 귀동냥을 하더니
이젠 잘난 체까지 해요.

12 귀를 기울이다

초등 3학년 1학기 교과서 수록

무슨 뜻일까?

'귀를 기울이다'는

'다른 사람의 말에 관심을 가지고 주의 깊게 듣는다'는 뜻이야.

'귀를 모으다, 귀를 재다'라고도 하지.

한자말로는 '경청(傾聽)'이라고 해.

이럴 때 쓰는 말이야!

기훈이는 평소에 다른 사람 말을 잘 안 들어요.

과학시간에 물의 끓는 점 알아보는 실험을 한다고

선생님이 물을 가져오라고 했어요.

훈이는 라이터를 가져왔어요.

'물'을 '불'로 들은 거예요.

선생님 말씀에 귀를 기울이지 않고

또 건성으로 들은 거지요.

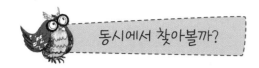
소쩍새

주말농장에 갔어요
밤에 소쩍새가 울었어요

내가 잠들려고 하면
소쩍 소쩍 하다가
귀를 기울이면 뚝 그쳤어요

잠들려고 하면 들려오고
귀를 기울이면 끊어지고
소쩍새가 나를 놀렸어요.

13 귀를 의심하다

초등 4학년 1학기 교과서 수록

무슨 뜻일까?

듣고도 믿을 수 없을 때나

도저히 사실이라고 생각할 수 없는 이야기를 들었을 때 쓰는 말이야.

너무나 엉뚱한 일이라서 '혹시 내가 잘못 들었나?'라고 생각될 때

'귀를 의심하다'라는 표현을 쓰지.

이럴 때 쓰는 말이야!

종명이가 아이들을 모아 놓고 말했어요.

"갈매기를 산 채로 잡는 법을 알려줄까? 갈매기 모양의 모자를 쓰고

바다에 들어가서 머리만 내놓고 있으면 돼.

그럼 갈매기들이 모자를 보고 친구인 줄 알고 옆에 내려앉거든.

그때 벌떡 일어나서 갈매기를 잡는 거야. 어때, 간단하지?"

나는 도저히 믿을 수 없어서 내 귀를 의심했어요.

"말도 안 돼! 허풍 그만 떨어!"

"진짜야. 처음엔 나도 내 귀를 의심했는데 정말이더라고."

종명이가 박박 우겼어요.

36

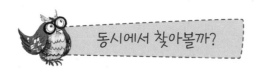

어머나 세상에

간밤에 우박이 내렸어요

형이 방으로 들어오며 말했어요
"세상에! 달걀만한 우박이 내렸어!"
"세상에 달걀만한 우박이 어딨어?"
내 귀를 의심했어요

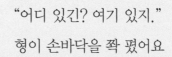

　　　　　　"어디 있긴? 여기 있지."
　　　　　　형이 손바닥을 쫙 폈어요

　　　　　　세상에!
　　　　　　정말 우박이 달걀만 했어요.

귀를 쫑긋 세우다

초등 4학년 2학기 교과서 수록

 무슨 뜻일까?

'귀를 쫑긋 세우다'라고 하면

토끼나 고양이가 무슨 소리에 귀를 기울이는 모습이 떠오르지 않아?

'귀를 쫑긋 세우다'는

'주의 깊게 듣다, 무슨 소리에 놀라다'라는 뜻이야.

 이럴 때 쓰는 말이야!

우리 집 개 해피가 새끼를 낳았어요.

그 뒤로 신경이 예민해져서 가랑잎 소리에도 귀를 쫑긋 세워요.

내가 가까이 갔더니 이빨을 드러내며 으르렁거렸어요.

"엄마, 해피가 왜 이래?"

"자기 새끼를 해칠까 봐 그러는 거야."

엄마는 해피 마음이 안정될 때까지

가까이 가지 말라고 하셨어요.

38

밤길을 걷는데

어두운 밤길이 무서워서
귀를 쫑긋 세우고 걷는데
누가 뒤따라오는 것만 같았어요
살며시 돌아보니 길가의 나무들이
따라오다가 멈춰 섰어요

밤길이 어둡고 무서워서
귀를 쫑긋 세우고 걷는데
누가 보고 있는 것만 같았어요
가만히 살펴보니 하늘의 달님이
내려다보고 있었어요.

15 귀빠진 날이다

초등 6학년 2학기 교과서 수록

 무슨 뜻일까?

생일날을 '귀빠진 날'이라고 해. 사람은 태어날 때 머리부터 나오는 것 알지?

그래서 귀가 가장 먼저 세상을 만난다고 해서 태어나는 것을

'귀빠진다'라고 하는 거야. 눈도 귀와 같이 나온다고?

눈은 태어나면서 바로 뜨지는 않잖아. 그러니까 귀가 먼저야.

 이럴 때 쓰는 말이야!

형수와 지수는 '귀'가 들어간 관용구 말하기 시합을 했어요.

형수 : 지겹게 들어서, 귀가 닳다.

지수 : 의견이 틀어져, 귀가 나다.

형수 : 소문을 잘 믿어, 귀가 넓다.

지수 : 말이 잘 안 들려, 귀가 먹다.

형수 : 누가 내 말을 하는지, 귀가 가렵다.

지수 : 어제가 생일이었어, 귀빠진 날이다.

형수 : 아주 어렵게 구한 귀한 물건이다.

지수 : 틀렸어. 그건 듣는 귀가 아니잖아.

한 논의 벼들은

한 논의 벼들은
귀빠진 날이 모두 같다

못자리판에서
똑같이 씨 뿌려지고
같은 날 모심기를 하니까

한 논의 벼들은
돌아가는 날도 같다

다 함께 거두어져
똑같이 타작되고
똑같은 날 정미소로 가니까.

귀빠진 날 축하해

41

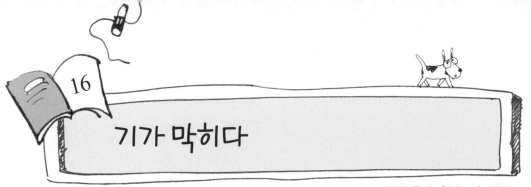

기가 막히다

초등 5학년 1학기 교과서 수록

 무슨 뜻일까?

'기가 막히다'는 몸의 원동력인 '기(氣)'가 막힌다는 말이야.

매우 엉뚱한 것이나 어처구니없는 것을 보았을 때,

또는 그런 일을 당했을 때 비아냥거리는 말로 많이 쓰지.

 이럴 때 쓰는 말이야!

여동생이 생일잔치에 많은 친구들을 초대했어요.

말 많고 시끄러운 아이가 웬일로 얌전했어요.

웃을 때도 손으로 입을 가리고 호호호 웃었어요.

나는 기가 막힌 표정으로 동생을 쳐다봤어요.

알고 보니 좋아하는 남자아이 때문이었어요.

동생이 여우 같아서 얄미웠어요.

호랑이가 기가 막혀

토끼가 호랑이에게 잡혔어요
호랑이가 "어흥!" 하며 잡아먹으려 했어요

토끼는 겁나지 않는다는 듯 수염을 만지며 말했어요
"나는 달나라 옥토끼야. 함부로 하면 안 돼."

기가 막힌 호랑이는 그 증거를 보여 달라 했어요
"좋아, 날 따라와 봐!"
호랑이가 따라가자, 모든 짐승들이 달아났어요

"어이쿠야!"
호랑이도 겁을 먹고 도망쳤어요.

김빠지는 소리를 하다

초등 5학년 1학기 교과서 수록

 무슨 뜻일까?

콜라나 사이다의 김이 빠지면

시원하고 톡 쏘는 맛이 없어져서 아무 맛도 없게 되잖아.

'김빠지는 소리를 한다'는 것은

'의욕이나 흥미가 사라져서 재미없게 만드는 말을 한다'는 뜻이야.

 이럴 때 쓰는 말이야!

갯벌 탐험을 가기로 했어요.

나는 부푼 마음으로 삽과 양동이도 챙기고,

괭이갈매기를 관찰할 쌍안경도 준비했어요.

그런데 아침 뉴스에서 아나운서가 김빠지는 소리를 하네요.

"오늘은 하루 종일 비가 내린다고 합니다."

44

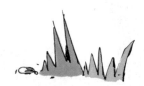

가로수의 부탁

가지는 전기톱에 잘려 나가고
몸통은 담뱃불로 지져지는데
그런데도 나무를 사랑한다고
김빠지는 소리를 하는 사람들
말보다 실천을 보여주세요

차 소리와 가로등에 시달려서
불면증, 신경통을 앓고 있는데
가로수를 정성껏 보호한다고
김빠지는 소리를 하는 사람들
말보다 행동을 보여주세요.

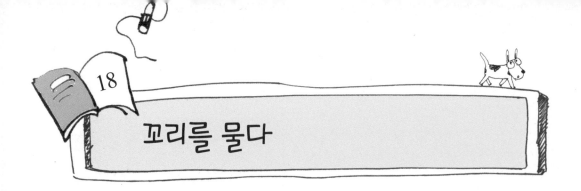

18

꼬리를 물다

무슨 뜻일까?

어떤 일이 끊이지 않고 계속 이어질 때 '꼬리를 문다'고 해.

'불꽃놀이를 구경하는 사람들이 꼬리에 꼬리를 물고 이어졌다.',

'내 이야기를 듣겠다는 아이들이 꼬리에 꼬리를 물고 모여든다.'라고

쓸 수 있지.

이럴 때 쓰는 말이야!

피리 소리를 듣고 모여든 쥐들은

피리 부는 사나이를 따라 강으로 갔어요.

강에 이르자 쥐들은 모두 꼬리에 꼬리를 물고 강으로 뛰어들었어요.

하멜론의 쥐들이 모두 없어졌지만, 사람들은 약속한 돈을 주지 않았어요.

피리 부는 사나이는 화가 나서 다시 피리를 불기 시작했어요.

사나이는 피리 소리를 듣고 모여든 아이들을 데리고 어디론가 가 버렸어요.

개미네 이사

개미들이 이사를 한다
잔디밭을 건너가는
새까만 개미의 행렬

어디에서 출발하여
어디로 가는 걸까?
꼬리에 꼬리를 물고   이삿짐은 어쩌고
끝없이 이어져 간다   모두 빈손일까?
　　　　　　　　　　　　　　꼬리를 물고 이어진
　　　　　　　　　　　　　　개미 식구들의 행진.

꿀밤을 먹다

초등 1학년 2학기 교과서 수록

무슨 뜻일까?

과일장수들이 '꿀배, 꿀참외, 꿀사과'처럼 과일 이름에

'꿀'자를 붙이는 것은, 과일 맛이 꿀처럼 달다는 뜻이야.

하지만 '꿀밤을 먹다'는 '꿀처럼 단 밤을 먹는다'는 뜻이 아니라,

'주먹으로 머리를 톡톡 맞는 것'을 뜻하는 거야.

이럴 때 쓰는 말이야!

언니와 가위바위보로 꿀밤 먹이기를 했어요.

내가 이겨서 언니 이마에 꿀밤을 먹였어요.

"아야, 이렇게 큰 꿀밤도 있어? 어디 두고 봐."

언니는 자기가 이기면 이자까지 붙여서 더 큰 꿀밤을 주겠다고 별렀어요.

나는 언니의 큰 주먹이 겁나서 그만하겠다고 도망쳤어요.

꿀밤을 먹여요

골이 비었을까 찼을까?
속이 하얄까 빨갈까?
맛이 들었을까 어떨까?
겉만 보고는 몰라요

수박을 살 때는
톡 톡 톡!
주먹으로 꿀밤을 먹여서
얼마나 익었는지
의사처럼 진찰을 해요.

20

꿈에 도전하다

초등 4학년 1학기 교과서 수록

무슨 뜻일까?

꿈은 '간절히 바라는 것이나 높은 이상'을 말하고,

도전은 '싸움을 거는 것, 어떤 일에 뛰어드는 것'을 뜻해.

그러니까 '꿈에 도전하다'는

'간절히 바라는 것을 이루기 위해 노력한다'는 말이야.

'하늘을 날겠다는 꿈에 도전한 라이트 형제가 있었기에

비행기가 만들어졌다.'라고 쓸 수 있지.

이럴 때 쓰는 말이야!

'지구촌연구소'의 김 박사님은 달을 끌어다가

지구에 붙이겠다는 꿈에 도전하고 있어요.

지구 온난화로 빙하가 녹아서 바닷물이 불어나고 있으니까,

물이 없는 달을 끌어와서 불어나는 바닷물을

스펀지처럼 빨아들이게 하겠대요.

강력한 추진력을 가진 로켓을

달의 앞뒤에 붙여서 조정하면 얼마든지 가능한 일이래요.

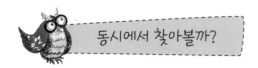

낮 동안만

해님은 낮 동안만
밝은 빛을 쫙 깔아 놓았다가
저녁이면 하나도 남김없이
거두어 가지고 가 버려요

깜깜하게 어두워진 세상
산도 들도 나무도 슬퍼서
검은 상복을 입어요

해님은 다음날 다시 와서
빛을 깔아 주어요

새롭게 밝아진 세상
우리는 새 기분으로
새로운 꿈에 도전하지요.

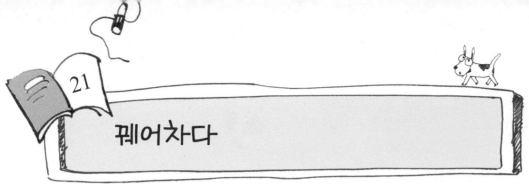

21

꿰어차다

초등 6학년 2학기 교과서 수록

무슨 뜻일까?

'꿰어차다'는 보통 '꿰차다'라고 하는데,

'끈 같은 것으로 꿰어서 허리춤이나 엉덩이에 매어 단다'는 뜻이야.

'엽전을 허리끈에 꿰어차고 과거시험을 보러 간다.'거나

'물새가 먹이를 부리로 꿰어차다.'와 같이 쓰는 말이지.

이럴 때 쓰는 말이야!

물총새는 강 언덕에 구멍을 파고 집을 지어요.

구멍 깊숙이 깃털 침대를 마련하고 아기를 키우지요.

아침 일찍 강으로 나간 물총새는 바위에 앉아 강물 속을 살펴요.

물고기가 지나가면 쏜살같이 뛰어들어 부리로 물고기를 꿰어차요.

아기 물총새는 아침식사로 물고기를 먹게 될 거예요.

매

어?
날아가던 매가
공중에서 딱 멈췄어요

앗!
두 날개를 접고
땅으로 곤두박질했어요

휙!
마당에서 놀던
병아리를 꿰어찼어요.

53

22 눈깜짝할 사이

무슨 뜻일까?

눈을 자주 깜짝거리는 사람을 '눈깜짝이'라고 하고,

코를 자주 훌쩍거리는 사람을 '코훌쩍이'라고 해.

'이'는 '젊은이', '늙은이'라고 하듯이 '사람'이란 뜻이야.

'눈깜짝할 사이'란 '눈을 한 번 깜박하는 짧은 시간'을 말하는 거야.

'순식간'이란 말과 같은 뜻이지.

이럴 때 쓰는 말이야!

가수들이 무대에서 춤을 추면서 옷을 갈아입어요.

눈깜짝할 사이에 파란색 옷이 빨간색으로 바뀌고,

드레스가 한복으로 바뀌죠.

아무리 눈을 닦고 봐도 어떻게 된 일인지 알 수가 없어요.

무대에는 벗어놓은 옷도, 갈아입을 옷도 없는데

어떻게 이런 일이 가능한 걸까요?

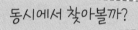

갓 쓴 대나무

선비가 대밭에서 똥을 누었어요.

"어! 여기 내 갓 어디 갔지?"

똥을 싸고 보니 옆에 벗어놓은 갓이 없어졌어요.

"귀신이 곡할 노릇이네."

그때 지나가던 아이가 물었어요.

"선비님, 무엇을 잃어버리셨어요?"

"여기 벗어둔 갓이 감쪽같이 없어졌구나."

아이가 주위를 살피더니 하늘을 가리켰어요.

"혹시 저것이 선비님 갓인가요?"

갓이 대나무 꼭대기에 걸려 있었어요.

벗어놓은 갓에 덮여 있던 죽순이

눈깜짝할 사이에 그만큼 자란 거예요.

눈꺼풀이 무겁다

무슨 뜻일까?

눈알을 보호하기 위해 눈가에 층을 이루고 있는 껍데기를 '눈꺼풀'이라고 해.

눈꺼풀이 무겁다니 이상하게 들리지?

'눈꺼풀이 무겁다'는 말은 '졸음이 온다'는 뜻이야.

졸음이 오면 눈꺼풀이 자꾸 눈을 덮어 누르는 것 같으니까,

무겁다고 표현하는 거야.

이럴 때 쓰는 말이야!

일기를 쓰는데 자꾸 졸음이 와요.

"아~함, 졸려."

눈을 억지로 떠도 눈꺼풀이 자꾸 눈을 덮어요.

눈꺼풀이 무거워요.

쿵! 머리로 책상을 찧고 말았어요.

쿵!

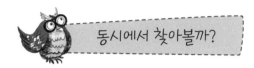

졸음

눈꺼풀이 무거워지더니
팔다리에 힘이 풀려요

코앞이 흐려지더니   눈꺼풀이 무거워지더니
생각들이 빠져 나가요   세상을 모두 덮어 버려요

                         눈앞이 까매지더니
                         쿨쿨 잠이 쏟아졌어요.

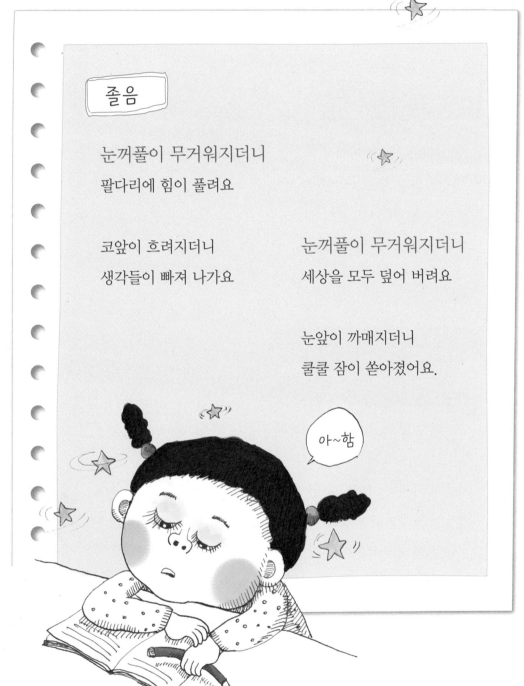

아~함

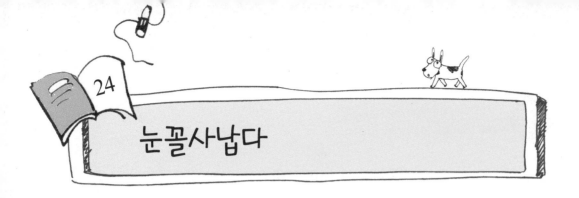

24 눈꼴사납다

무슨 뜻일까?

보기에 아니꼽고 비위에 거슬릴 때 '눈꼴사납다'라고 해.

'아니꼽다'는 말도 비슷한 뜻이야.

자기 자랑을 늘어놓으며 거드름을 피우는 사람을 '아니꼽다'고 하잖아.

잘난 체하며 거드름을 피우는 것이 바로 아니꼽고 '눈꼴사나운' 모습이야.

이럴 때 쓰는 말이야!

갑동이는 원래 동네에 있는지 없는지도 모를 만큼 조용한 성격이었어요.

그런데 이번 포졸 시험에 합격한 뒤부터 갑동이가 변했어요.

얼마나 잘난 척을 하고 다니는지

포졸이 아니라 사또라도 된 것 같아요.

갑동이만 나타나면 동네 사람들이 수군대요.

"어른들에게 버르장머리도 없어졌어요."

"어찌나 으스대는지 눈꼴사나워서 못 봐주겠어요."

그런데 갑동이 귀에는

그런 소리가 하나도 안 들리는 것 같아요.

거만한 군인

러시아 황제가 아무도 모르게 변장을 하고
몰래 민정 시찰을 나갔어요.
한 군인이 식당에서 눈꼴사납게 뻐기고 있었어요.
황제가 군인 앞에 앉으며 물었어요.
"군인인 것 같은데, 하사인가?"
군인은 거드름을 피우며 대답했어요.
"그보다 좀 더 위, 중위요."
"하, 그렇군요. 위관급이시군요."
이번에는 군인이 황제에게 물었어요.
"당신도 군인 같은데, 계급이 어떻게 되시오?"
"계급은 무슨?"
"당신도 위관급은 될 것 같은데?"
"그보다는 좀 더 위요."
"제가 몰라뵈었군요. 그럼 영관급이신가요?"
"아니, 좀 더 위요!"
그제서야 눈꼴사납게 굴던 군인은
쩔쩔매면서 황제 앞에 무릎을 꿇었어요.

눈높이에 맞추다

초등 5학년 2학기 교과서 수록

 무슨 뜻일까?

'눈높이'는 알아들을 수 있는 정도나 이해할 수 있는 수준을 말하는 거야.

이야기는 듣는 사람의 '눈높이에 맞추어서' 해야 쉽게 알아들을 수 있거든.

전문가가 아니면 이해할 수 없게 설명하는 건

듣는 사람에 대한 예의가 아니지.

 이럴 때 쓰는 말이야!

선생님이 지구의를 앞에 놓고 설명했어요..

"지구의에 집중하세요. 지구의 심층부에 존재하는 고도의 용암이

지표를 관통하여 분출하는 현상을 화산이라 하고……."

짝꿍 형근이가 가만히 중얼거렸어요.

"그냥 우리 눈높이에 맞춰서 화산은 땅속에 있는

뜨거운 용암이 터져서 나오는 것이라고 하면 쉬울 텐데……."

나는 형근이의 옆구리를 쿡 찔렀어요.

"조용히 해!

우리 눈높이에 맞추느라 앉아서 설명하시잖아."

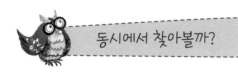

흔들려요

바람이
나무를 흔들어요
나뭇가지 사이로
구름도 흔들려요

나무의 눈높이에 맞추어
푸른 하늘도 흔들려요

바람이
호수를 흔들어요
호수에 비쳐 보이는
나도 흔들려요

호수의 눈높이에 맞추어
산과 들도 흔들려요

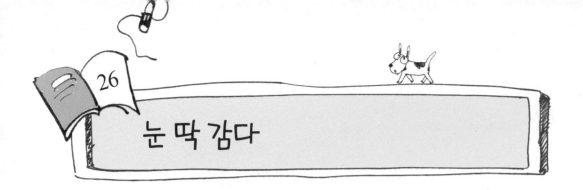

26 눈 딱 감다

무슨 뜻일까?

눈을 감으면 아무것도 보이지 않지?

'눈 딱 감다'는 '의도적으로 눈을 꼭 감고 아무것도 보지 않는다'는 뜻이야.

'더 이상 다른 것은 생각하지 않겠다'는 뜻도 있어.

'눈 딱 감고 못 본 체했다.', '눈 딱 감고 다 줘 버렸다.'와 같이 쓸 수 있지.

이럴 때 쓰는 말이야!

지하도에서 대학생 언니들이
굶주린 아프리카 아이들 사진을 붙여 놓고
성금을 모으고 있었어요.
사진을 보니 눈물이 날 것 같았어요.
눈 딱 감고 가지고 있던 용돈을
탈탈 털어 주었어요.

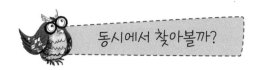

돈으로 산 감투

상놈이 사또가 되었지.
돈으로 감투를 산 거야.
부임 길에 사또가 말했지.
"강가에 버들이 참 좋구나."

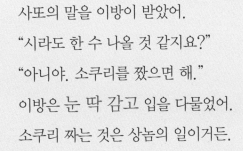

사또의 말을 이방이 받았어.
"시라도 한 수 나올 것 같지요?"
"아니야. 소쿠리를 짰으면 해."
이방은 눈 딱 감고 입을 다물었어.
소쿠리 짜는 것은 상놈의 일이거든.

눈물범벅이 되다

초등 4학년 1학기 교과서 수록

 무슨 뜻일까?

'범벅'은 '곡식가루에 호박 등을 섞어 되게 쑨 음식'을 말해.

여러 가지 것들이 뒤섞여 갈피를 잡을 수 없게 된 상태를

비유적으로 말할 때 쓰는 표현이지.

'내 머릿속이 온갖 생각으로 범벅이 되어 있다.'처럼 쓸 수 있지.

'눈물범벅이 되다'는 눈물을 많이 흘려서

얼굴에 눈물이 지저분하게 묻은 상태를 말하는 거야.

 이럴 때 쓰는 말이야!

아기가 화장실 앞에서 울고 있습니다.

엄마가 재워 놓고 잠깐 화장실에 갔는데

그 사이에 깨어서 기어 나온 것입니다.

화장실 문이 열리자,

아기는 눈물범벅이 된 얼굴로 엄마를 쳐다봤습니다.

그리고 더 서럽게 울었습니다.

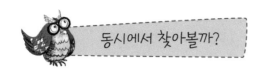

가을 여치

연한 풀은 말라가고
곱던 옷은 낡아가고
찌륵찌륵 어찌 살까?

길던 낮은 짧아가고
따슨 해는 식어가고
찌륵찌륵 다 살았네

쓸쓸한 가을 들판
이슬에 젖은 풀잎
여치들의 눈물범벅.

65

28

눈살을 찌푸리다

초등 4학년 1학기 교과서 수록

무슨 뜻일까?

못마땅한 일이 있을 때 얼굴을 찡그려서

두 눈썹 사이에 주름이 잡히도록 하는 것을 '눈살을 찌푸리다'

또는 '이마를 찡그리다'라고 해.

반대말은 '눈살을 펴다'야.

이럴 때 쓰는 말이야!

"물결이 씻어놓은 은모래가 기막힌 곳이란다."

아버지 말에 기분이 하늘로 붕 떴어요.

동백나무 숲에 텐트를 치고 바닷가로 뛰어갔어요.

모래사장에는 쓰레기들이 무척 많았어요.

"아빠, 은모래는 어디 있어요?"

나는 눈살을 찌푸렸어요.

도대체 누가 이 섬까지 와서 쓰레기를 버렸을까요?

과학시간

과학시간에 모둠별로
개구리를 해부했어요
개구리의 배를 가르자
내장이 보였어요

눈살을 찌푸리며
보던 경희가
구역질을 했어요

몇몇 아이들은
경희를 보며
눈살을 찌푸렸어요.

67

29

눈시울이 시큰하다

초등 3학년 1학기 교과서 수록

 무슨 뜻일까?

'눈시울'은 '눈언저리의 속눈썹이 난 곳'이고,

'시큰하다'는 '조금 시리고 쑤시는 듯한 느낌이 든다'는 뜻이야.

'눈시울이 시큰하다'는 글자 그대로 풀이하면

'속눈썹 근처가 시리고 쑤시는 것 같다'는 뜻이지.

'크게 동정심이 가거나 감동한 마음 상태'를 나타낼 때 쓰는 말이야.

비슷한 말에는 '코가 시큰하다', '눈시울이 뜨거워졌다',

'눈시울을 붉혔다' 등이 있어.

 이럴 때 쓰는 말이야!

공원으로 아침 산책을 갔어요.

엄마가 서리도 내렸다고 하더니,

날씨가 많이 쌀쌀했어요.

공원을 걷다가 고운 단풍도 몇 개 주웠어요.

그러다 봄에나 볼 수 있는 냉이를 발견했어요.

요 며칠 날씨가 따뜻해서,

냉이가 봄이 온 줄 알았나 봐요.

떨어진 단풍잎들 사이에서

뽀얗게 서리를 뒤집어쓰고 있는 모습을 보니,

냉이가 추워 보였어요.

냉이가 찬바람에

꽁꽁 얼어 죽을지도 모른다고 생각하니,

눈시울이 시큰해졌어요.

동시에서 찾아볼까?

엄마와 아기

추운 겨울

육교 위에

엄마와 아이가 앉아 있어요

바람이 쌩쌩 불어오자,

아이가 덜덜 떨어요

엄마가 낡은 웃옷을 벗어

아이에게 덮어 주었어요

반팔 옷을 입고 덜덜 떠는

엄마를 보자

눈시울이 시큰했어요.

30

눈앞이 아득하다

초등 4학년 1학기 교과서 수록

무슨 뜻일까?

'아득하다, 막막하다, 까마득하다, 망망하다, 아스라하다'라는 말은

모두 '가물가물할 정도로 매우 멀어 보인다'는 뜻이야.

'눈앞이 아득하다'는 '눈앞에 보이는 것이 까마득하게 먼 것 같다'는 말이지.

어떤 일을 당해도 해결할 방법이 없을 때의 기분을 나타내는 말이기도 해.

이럴 때 쓰는 말이야!

등산을 갔다가 길을 잃었어요.

올라온 길을 되돌아간다고 생각했는데 전혀 낯선 길이었어요.

지도도 없고 날은 저물고 눈앞이 아득했어요.

무작정 골짜기를 따라 아래로 내려갔어요.

숲 사이로 멀리 불빛이 보였어요. 불빛을 보니 힘이 났어요.

허겁지겁 불빛을 향해 달렸어요. 외딴집이 나타났어요.

방문에 사람 그림자가 어른거렸어요.

그제야 마음이 놓였어요.

친구들아 , 고마워

글짓기 대회에서
상을 받은 기념으로
친구들에게 한 턱 내기로 했어

치킨과 콜라, 피자까지
푸짐하게 시켰지

다 먹고 돈을 내려는데,
지갑이 없지 뭐야

아차! 집에 두고 왔나 봐
눈앞이 아득했어

"그럴 수도 있지. 다음에 사 줘!"
친구들이 지갑을 열었어

"친구들아, 고마워!"
글짓기 대회에서 상을 받은 것보다
내 옆에 좋은 친구들이 있다는 게
더 기뻤어.

31

눈앞이 캄캄하다

초등 2학년 2학기 교과서 수록

무슨 뜻일까?

'캄캄하다'는 어둡다는 뜻이야.

어두우면 앞이 보이지 않아 갈팡질팡하겠지?

어려운 일을 당해서 쩔쩔맬 때나 절망적인 생각이 들어

어찌할 바를 모를 때 '눈앞이 캄캄하다'라고 해.

비슷한 말로 '앞 일이 막막하다'가 있지.

이럴 때 쓰는 말이야!

이솝의 주인이 술에 취해 자기는 바닷물도 술처럼

다 마실 수 있다고 큰소리를 쳤어요. 그때 앞에 있던 사람이 말했어요.

"우리 전 재산을 걸고 내기를 해볼까요?"

이솝의 주인은 그러자고 했어요. 그런데 술을 깨고 나니

눈앞이 캄캄했어요. 이솝이 주인의 말을 듣고 걱정 말라고 했어요.

"우리 주인이 바닷물을 다 마실 테니 강물을 모두 막아주시지요."

"됐소, 내기는 없었던 것으로 칩시다."

내기를 걸었던 사람이 손을 들었어요.

강을 살려야 해요

쓰레기가 둥둥 뜬 강으로
빌딩 하수가 모여든다
공장 폐수가 흘러든다

거기 있는 물고기들은
이런 구정물을 보면
눈앞이 캄캄하겠다

부글부글 거품이 가득
물이 썩어가고 있다
강이 죽어가고 있다

강이 죽으면 사람도 못 산다
눈앞이 캄캄하다
우리의 강을 어떻게 살려야 할까?

73

눈에 밟히다

무슨 뜻일까?

눈에 발이 있는 것도 아닌데 밟힌다니 무슨 말인지 모르겠지?

'눈에 밟힌다'는 어떤 일이 잊혀지지 않고 자꾸 생각날 때 쓰는 말이야.

가령, 내가 좋아하는 짝꿍이 갑자기 먼 곳으로 전학을 갔다고 해 봐.

그런데 시도 때도 없이 짝꿍이 자꾸 떠오르는 거야.

그럴 때 '눈에 밟힌다'고 하는 거야.

'눈앞에 선하게 어른거린다'는 뜻이지.

이럴 때 쓰는 말이야!

방학 때 외갓집에 갔다가 돌아올 때였어요.

외할머니가 버스 정류장까지 따라 나오셨어요.

내가 탄 버스가 산모퉁이를 돌아설 때까지 계속 손을 흔들고 계셨어요.

며칠이 지났는데도 그때 외할머니의 모습이 자꾸 눈에 밟혀요.

외할머니가 보고 싶어요.

할아버지의 말씀

할아버지는 날씨가 추워지니
노숙자들이 눈에 밟힌다고 하신다

따뜻한 옷을 입을 때는
떨고 있는 사람들이 떠오르고
좋은 음식을 먹을 때는
굶주리는 이웃들이 어른거린다며
우리가 차지한 양지만큼
그늘이 있다는 걸 생각하란다.

눈을 의심하다

초등 4학년 1학기 교과서 수록

 무슨 뜻일까?

'눈을 의심하다'라는 말은 '본 것을 믿을 수 없다'는 뜻이야.

상상도 못했던 것을 보았을 때,

혹시 내가 잘못 봤나 하고 이상하게 생각하잖아.

그런 경우에 '눈을 의심하다'라고 하지.

 이럴 때 쓰는 말이야!

파주 적성으로 독수리를 보러 갔어요.

몽골에서 날아온 독수리라며

동물보호협회에서 죽은 가축을 먹이로 주고 있었어요.

그런데 까치들이 자꾸 독수리를 괴롭혔어요.

따라다니며 짖어대고 등에 올라타기도 했어요.

그러자 독수리가 비실비실 쫓겨갔어요.

덩치 큰 독수리가 조그만 까치에게 쫓겨 다니다니!

나는 내 눈을 의심했어요.

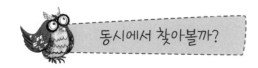

봄이 오니

수많은 발길이
짓밟고 지나간 길에도
민들레 싹이 돋는다
보고도 눈을 의심했다

깨진 병과 쓰레기가
겹겹이 쌓인 땅에도
냉이가 꽃을 피웠다
보고도 눈을 의심했다.

34

눈을 흘기다

초등 4학년 1학기 교과서 수록

 무슨 뜻일까?

'눈을 흘기다'는 '눈을 옆으로 돌려 못마땅하게 노려보는 것'을 말해.

몹시 미운 사람을 볼 때, 두 눈동자를 옆으로 굴려서

원망하는 표정으로 보는 것을 뜻하는 말이지.

 이럴 때 쓰는 말이야!

우리 마을 뒷산에는 '얼굴 바위'가 있어요.

눈 위에는 눈썹 같은 풀까지 나 있어요.

눈이 왼쪽으로 몰려 있어 눈을 흘기는 모양이라,

등산할 때 사람들은 바위 오른쪽으로 올라가요.

그런데 왼쪽에서 보면 입이 웃는 모습이에요.

웃는 입을 보면 흘기는 눈도 웃는 것 같아서,

아빠와 나는 왼쪽으로 올라가요.

가자미

가자미는 두 눈이
한쪽에 몰려 있어요

눈을 흘기다가
벌을 받아 그렇대요

눈을 귀엽게 뜨고
생글생글 웃으세요

바로 보고 웃어야
얼굴도 예뻐진대요.

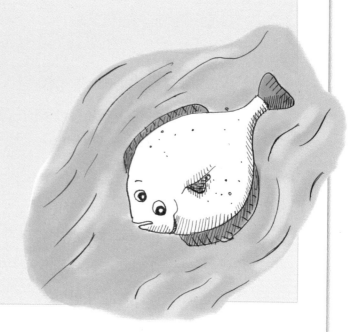

79

35 눈코 뜰 사이 없다

눈은 뜨지만 코가 뜬다는 말은 없잖아.

'눈코 뜰 사이 없다'는 말은 눈을 뜨고 보거나 코를 열어

숨을 쉴 틈이 없다는 뜻이야.

정신을 차릴 수 없을 정도로 몹시 바쁜 경우를 말하는 거지.

이럴 때 쓰는 말이야!

칠성이는 엉뚱해서 별명이 애늙은이예요.

능갈맞고 어른스런 이야기를 할 때가 많거든요.

"바빠서 일기도 못 썼다. 대신 좀 써줄래?"

"뭐가 그렇게 바쁜데."

"아침 먹고 점심 먹고 저녁 먹어야지,

쉴 없이 숨 쉬어야지. 눈코 뜰 사이 없다."

"그렇구나. 나는 아침 먹고 오전 내내 굶고, 점심 먹고 오후 내내 쉬는데,

너는 정말 눈코 뜰 사이 없이 바쁘구나."

내 말에 아이들이 모두 깔깔거렸어요.

너무 바빠서

선생님은 전할 말을
알림 칠판에 적어 놓아요
"조용히 자습하세요.
바쁜 일이 좀 있어요."
선생님은 하도 바빠서
눈코 뜰 사이 없대요

문방구 아저씨도
인사말을 유리문에 붙여요
"대단히 감사합니다.
다음에 또 오세요."
문방구 아저씨도 너무 바빠
눈코 뜰 사이 없나 봐요.

81

눈 하나 깜짝 안 하다

무슨 뜻일까?

눈은 뭔가가 앞에 가까워지면 깜박거리게 돼.

눈을 보호하기 위한 반사운동이지.

'눈 하나 깜짝 안 하다'는 말은 '겁나고 위험한 일에도 태연스럽다'는 뜻이야.

'눈도 깜빡 안 한다'와 비슷한 말이지.

이럴 때 쓰는 말이야!

"야! 너 왜 사람을 삐딱하게 쳐다 봐?"

하굣길에 아이들이 시비를 걸었어요.

"내가 언제? 난 쳐다보지도 않았는데."

내 말에 아이 하나가 때릴 듯이 다가왔어요.

"쳐다봤다면 쳐다본 거지 무슨 말이 그렇게 많아?"

그런데 민이는 눈 하나 깜짝 안 했어요.

"너희들 사람 잘못 봤어. 내 주먹 맛 좀 볼래?"

아이들은 민이의 엄포에 주춤거리며 물러갔어요.

고슴도치

고슴도치 가족이
들놀이를 나왔어요

강아지가 물려고 해도
눈 하나 깜짝 안 해요

커다란 밤송이 옆에
조그만 밤송이 몇 개

큰 밤송이 꿈틀꿈틀
작은 밤송이 꼬물꼬물

고슴도치의 바늘외투
강아지도 겁을 먹지요.

능청을 떨다

초등 4학년 1학기 교과서 수록

무슨 뜻일까?

거짓을 참인 것처럼 보이게 해서 남을 감쪽같이 속이고
태연하게 행동하는 것을 '능청을 떨다'라고 해.
'능청스럽다'라는 단어와 비슷한 뜻이지.

이럴 때 쓰는 말이야!

"앗! 아이고~."
상수가 울상을 지으며 발을 싸안았어요.
"왜 그래, 무슨 일이야?"
모두가 놀라서 상수에게 달려갔어요.
상수의 발꿈치에 압정이 박혀 있었어요.
바닥에 떨어져 있던 걸 못 보고 밟았나 봐요.
"빨리 양호실 가자!"
아이들이 서둘자, 상수가 씩 웃으며 압정을 떼냈어요.
침이 없는 압정이었어요. 능청을 떨며 장난을 쳤던 거예요.

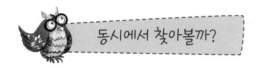
대벌레

대나무를 닮은
대벌레 좀 보세요

제가 무슨 나무라고
대나무인 척 능청을 떠네요.

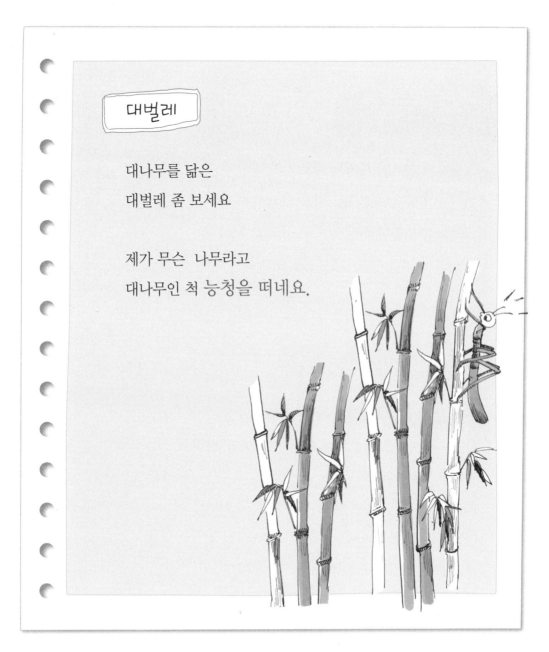

도리질을 하다

 무슨 뜻일까?

어린애가 어른이 시키는 대로

머리를 양쪽으로 흔드는 일을 '도리도리 한다'고 하잖아?

그것도 도리질이지만, 보통 '도리질을 하다'는

'싫다고 머리를 크게 흔드는 것'을 말하는 거야.

 이럴 때 쓰는 말이야!

우리 할머니는 막내 동생이 제일 귀엽대요.

할머니가 머리를 옆으로 흔들며 '도리도리' 하면

동생도 '도리도리' 해요.

손가락으로 뺨을 콕콕 찌르며 '곤지곤지' 하면

동생도 따라 해요.

그 모습이 귀엽다고 온 식구가 깔깔거려요.

그런데 '걸음마'를 하라면 도리질을 해요.

아직은 제 힘으로 걷지 못하는 걸 아나 봐요.

장난감 악어

여행 갔던 삼촌이
동생에게 줄 선물로
건전지로 움직이는
장난감 악어를 사 왔어요

"크앙, 살아 있는 악어다!"
땅바닥에 놓으니
악어가 엉금엉금 기어갔어요
동생은 도리질을 하며
손사래까지 쳤어요.

마음을 먹다

초등 4학년 2학기 교과서 수록

무슨 뜻일까?

'마음을 먹다'는 '작정하다, 생각을 정하다'는 뜻을 가지고 있어.

'성적을 올리겠다고 마음을 먹고 열심히 노력했더니

성적이 정말 많이 올랐어.'라고 할 때 쓰는 말이야.

이럴 때 쓰는 말이야!

가을 학예발표회 때 우리 반은 조각공원을 만들기로 했어요.

"우리가 그런 걸 어떻게 만들어? 불가능한 일이야."

생각보다 반대하는 의견이 많았어요.

나는 굳게 마음을 먹고 아버지께 학교 앞에 있는 우리 논을 빌리고,

선생님 허락도 받았어요.

추수가 끝난 논은 질척한 진흙이라 만들기를 하기에 알맞았어요.

친구들과 같이 나뭇가지로 뼈대를 만들고 논흙을 이겨 붙여서

실제만큼 크게 사람과 동물들을 만들어 세웠어요.

일은 마음을 먹은 대로 잘 되어 갔어요.

발표회 날 우리는 완성된 조각공원을 선보였어요.

나무와 연

연이
나뭇가지에 걸렸어요

바람은 날려 보려고
연을 자꾸 잡아당기는데
나무가 놓지 않아요

연을 제가 갖겠다고
마음을 먹었나 봐요

연을 가지고
바람과 나무가
줄다리기를 하고 있어요.

40 마음을 파고드는 선율

초등 6학년 1학기 교과서 수록

 무슨 뜻일까?

'마음을 파고든다'는 말은 '큰 감동을 준다'는 뜻이야.

'잔잔한 감성과 따스한 언어가 가슴을 파고드는 동시였다.'라는 표현은

동시가 좋았다는 뜻이지.

선율은 음악이니까,

'마음을 파고드는 선율'은 '감동적인 음악'이라는 뜻이야.

 이럴 때 쓰는 말이야!

고요한 밤이었어요.

어디선가 대금 소리가 잔잔하게 들려왔어요.

컸다가 작았다가, 끊어졌다 이어지면서

마음을 파고드는 선율이 너무 아름다워

잠을 이룰 수가 없었어요.

가을밤

가만히 창가에
귀를 모으면

찌르르 찌르르
풀벌레 소리
마음을 파고드는
아름다운 선율

가만히 창가에
귀를 모으면

산과 들 아득히
밤이슬 젖는 소리
마음을 파고드는
쓸쓸한 선율.

마음을 화장하다

초등 6학년 1학기 교과서 수록

 무슨 뜻일까?

화장품으로 얼굴을 아름답게 꾸미는 것을 '화장한다'고 하잖아.

'마음을 화장한다'는 말은

'얼굴을 꾸미듯이 웃음으로 마음을 곱고

아름답게 보이도록 한다'는 뜻이야.

 이럴 때 쓰는 말이야!

친구 생일잔치에 가기로 했어요.

좋아하는 남자아이가 온다고 해서, 엄마 몰래 화장품을 발랐어요.

"영은아, 얼굴이 그게 뭐니? 네 나이 땐 맨 얼굴이 제일 예쁘단다."

엄마는 얼굴 화장을 지우고 마음을 화장하고 가라고 했어요.

웃는 얼굴로 생일잔치에 가라는 말씀이셨죠.

92

꽃이 되고 싶어

사람은 꽃처럼 예뻐지고 싶어
분을 바르고 치장을 하지요

꽃이 되고 싶은 사람은
얼굴에 웃음을 담으세요

웃음으로 마음을 화장하면
얼굴은 저절로 예뻐진대요.

42 마음이 무겁다

초등 5학년 1학기 교과서 수록

 무슨 뜻일까?

마음이 어떻게 무게가 있냐고?

'오늘 시험이 있는데 감기가 심해서 마음이 무겁다.',

'엄마가 아파서 마음이 무겁다.'라는 표현을 많이 쓰잖아.

'마음이 무겁다'는 건 '걱정이 많다'는 뜻이야.

 이럴 때 쓰는 말이야!

허리 굽은 노송이 목발을 짚고 서 있었다.

그 옆에 노송을 지키듯이

어린 소나무가 씩씩하게 서 있었다.

그 모습을 보니까 허리가 굽어

지팡이를 짚고 계시는 할아버지가 생각났다.

외출할 때 옆에서 도와드리지 못한 것이 후회되었다.

갑자기 마음이 무거워졌다.

오늘부터 나도 어린 소나무처럼

할아버지를 지켜드려야겠다.

마음이 무겁다

아픈 동생을 두고
혼자 학교 가는 날
동생 생각에 마음이 무겁다

학년 말 시험 보는 날
"꼭 100점 맞아야 해."
엄마 말씀에 마음이 무겁다

옆 반과의 축구시합
"꼭 이겨야 한다. 알겠지?"
선생님 기대에 마음이 무겁다.

마음이 풀리다

무슨 뜻일까?

'마음이 풀리다'는 '가슴에 맺혔던 응어리가 없어졌다'는 뜻이야.

싸웠던 친구와 화해를 하거나 꾸중 듣고 꽁했던 마음이

풀어지면 속이 후련해지잖아.

그런 것을 '마음이 풀렸다'라고 해.

이럴 때 쓰는 말이야!

형과 장난감을 가지고 놀다 다퉜어요.

엄마가 나만 야단쳤어요.

"너는 왜 늘 형 장난감을 가지고 노니?"

나는 화가 나서 방으로 들어갔어요.

얼마 후 엄마가 들어와 속삭였어요.

"네가 좋아하는 떡볶이 만들었어. 형은 학원 갔으니 너만 몰래 먹어."

그 말을 듣고 나니 스르르 마음이 풀렸어요.

미운 형들

"엄마, 형들이 땅꼬마라고 놀려요."
"키가 작으니, 땅꼬마가 맞잖아?"
"땅딸보라고도 했어요. 미워요."

"그 형들이 고마울 때는 없었니?"
"내가 발을 삐었을 때 부축해 줬어요."
"그것을 생각해도 형들이 밉니?"

그 말을 들으니 마음이 풀렸어요
"엄마, 이젠 형들이 안 미워요."
"그래 모든 것은 마음에 달린 거야."
엄마가 빙그레 웃으셨어요.

땅꼬마

97

44 말문을 열다

초등 6학년 1학기 교과서 수록

무슨 뜻일까?

입을 열어 처음으로 말을 시작하는 것을 '말문을 열다'라고 해.
'내 짝은 지각한 이유를 말하지 않았다. 선생님이 집에 전화하겠다니까
그제야 말문을 열었다.'와 같이 쓰는 말이지.

이럴 때 쓰는 말이야!

동생이 드디어 말문을 열었어요.
내 동생은 돌이 지나서도 울음이 말이었어요.
배가 고파도 응애응애, 어디가 아파도 응애응애, 오줌을 싸고도 응애응애.
놀랍게도 엄마는 그것을 다 알아들었어요.
그런데 어느 날 동생이 "찌찌"라고 말했어요.
엄마는 젖 달라는 말이라고 했어요.
동생이 말문을 열고 처음 한 말이 '찌찌'인 걸 보면
먹는 것이 제일 좋은가 봐요.

친구와 다툰 날

난희가 입을 꼭 닫았어요
"떡볶이 먹으러 갈래?"
"아이스크림 사 줄까?"
아무리 말을 걸어도
말문을 열지 않았어요

"미안해! 어제는 내가 잘못했어."
내가 먼저 사과했어요
"나도 미안해.
사실 나도 잘한 건 없어."
난희가 드디어
말문을 열었어요.

99

머리를 굴리다

무슨 뜻일까?

'머리를 굴리다'는 '머리를 써서 곰곰이 생각한다'는 뜻이야.

'마음속으로 이리저리 따져 보고 깊이 생각한다'는 말이지.

이럴 때 쓰는 말이야!

지수는 집을 보고 있었어요. 심심했어요.

동생 지원이도 하품을 했어요.

'나도 심심해'라고 하는 것 같았어요. 지수는 머리를 굴렸어요.

'뭐 재미있는 일 없을까?'

지수는 엄마 화장품을 가져다가 지원이에게 화장을 해줬어요.

입술은 빨갛게, 눈 위는 파랗게 칠했어요. 향수도 뿌렸어요.

그때 엄마가 문을 열었어요.

지원이가 엄마에게 달려갔어요.

"엄마, 나 예쁘지? 누나가 화장해 줬어."

"어머나 세상에!"

엄마는 너무 놀라 심장이 떨어지는 줄 알았대요.

표어 바꾸기

'자연보호운동'을 펼치면서
벽에 내붙인 자연보호 표어
「자연은 사람보호, 사람은 자연보호」

석이가 머리를 굴리더니
표어를 바꾸어 썼어요
「사람이 보호해야, 자연도 보호한다」

'교통과의 전쟁'이라며
걸어놓은 교통안전 현수막
「추월로 질서파괴, 과속으로 생명파괴」

명이가 머리를 굴리더니
표어를 바꾸어 놓았어요
「추월은 질서파괴, 과속은 생명파괴」

46

머리를 긁다

무슨 뜻일까?

무안을 당하거나 실수를 했을 때

그 어색한 분위기를 지우려고 손으로 머리를 긁적거리는 것을

'머리를 긁는다'고 해.

이럴 때 쓰는 말이야!

"어항을 부시어야겠다. 이끼가 끼었어."

선생님이 말씀하셨어요.

"어항을 부시라고?"

나는 어항을 가지고 나왔어요.

아까웠지만 어쩔 수 없이 어항을 깨뜨려서 쓰레기장에 버렸어요.

교실에 들어갔더니 선생님이 화를 내셨어요.

"깨끗이 닦아 오라니까, 깨뜨려 버리면 어떡해?"

짝꿍이 눈을 흘기며 말했어요.

"말귀도 못 알아듣니?"

나는 할 말이 없어 머리만 긁었어요.

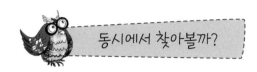
급식실에서

큰소리 나지 않게
발 들고 다니래요

밥 먹으며 떠든다고
입 다물고 먹으래요

발 들고 입을 다물면
어떻게 밥을 먹나요?

상수는 머리를 긁으며
혀를 날름 내밀었어요.

머리를 쥐어짜다

초등 4학년 1학기 교과서 수록

무슨 뜻일까?

'머리를 쥐어짜다'는 '무엇을 알아내기 위해 애써 궁리를 한다'는 뜻이야.

'그 문제는 아무리 머리를 쥐어짜도

시원한 답이 나오지 않았다.'라고 할 때 쓰는 말이지.

이럴 때 쓰는 말이야!

학급회장 선거에 출마한 동생이 연설문을 봐 달라고 부탁했어요.

"내가 회장이 되는 건 모두 형 손에 달렸어."

머리가 지끈거렸어요. 밤늦도록 고쳐도 잘 되지 않았어요.

머리를 쥐어짜도 뾰족한 수가 없었어요.

'에라 모르겠다. 인터넷에 있는 걸 베끼자.'

나는 국회의원의 연설문을 베껴 주었어요.

다음날 아침, 연설문을 본 동생이 펑펑 울었어요.

"이게 뭐야? 이걸로 어떻게 선거에 나가?"

나는 아침도 굶은 채 학교로 도망쳤어요.

사자와 소

소 세 마리가 있었어요
사자가 잡아먹으려고 하면
힘을 합쳐 대항했어요

사자는 머리를 쥐어짰어요
소들을 한 마리씩 만나서 말했지요
"저 소가 네 흉을 보고 다녀."

사자의 말을 믿은 소들은
서로 미워하며 헤어졌지요
소들이 따로 떨어지자
사자는 얼른 잡아먹었어요.

48

머리칼이 곤두서다

무슨 뜻일까?

무서운 일이 닥치면 소름이 돋고

온몸의 털이 빳빳하게 일어서는 것 같은 느낌이 들잖아?

그렇다고 기다란 머리칼이 실제로 꼿꼿하게 일어설 수는 없지.

'머리칼이 곤두서다'는 '무섭거나 놀라서 신경이 날카로워진다'는 뜻이야.

이럴 때 쓰는 말이야!

공포 체험장에 갔어요.

문 앞에 그려진 해골만 봐도 몸이 으스스했어요.

문을 열고 들어서니, 깜깜한 터널이었어요.

등골이 오싹오싹했어요.

오빠의 손을 꼭 잡고 두리번거리며 따라갔어요.

어둠 속에서 갑자기 여자귀신이 툭 튀어나오며 낄낄거렸어요.

머리칼이 곤두섰어요.

놀이동산

놀이동산 롤러코스터는
쌩쌩 내려가면
머리칼이 곤두서지만
아빠 손을 꼬옥 잡으면
재미있어요

놀이동산 귀신의 집은
윙윙 소리가 나면
머리칼이 곤두서지만
엄마 팔을 꽈악 잡으면
안심이 돼요.

49

무릎을 치다

 무슨 뜻일까?

'치다'에는 '때리다, 치우다, 만들다, 가리다, 퍼뜨리다, 치부하다' 등

여러 가지 뜻이 있어.

'무릎을 치다'는 '정말 그렇구나!' 하고

찬성할 때나 몹시 기쁜 일이 있을 때,

또는 갑자기 좋은 생각이 떠올라서 신이 날 때 쓰는 말이야.

'손뼉을 친다'와 비슷한 말이지.

 이럴 때 쓰는 말이야!

호야는 집이 학교 앞인데 늘 지각을 해요.

별명도 지각대장이에요. 선생님이 걱정을 했어요.

"선생님, 호야에게 지각하는 사람을 적으라고 하면 어떨까요?"

"좋은 생각이구나."

내 말에 선생님은 무릎을 쳤어요.

아이들도 따라서 무릎을 치며 깔깔거렸어요.

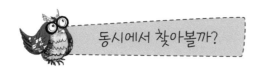

목장에서

학교에서 목장으로
현장학습을 갔어요

"유모! 잘 있었어요?"
우리는 젖소를 보고
큰소리로 외쳤어요

"뭐, 젖소가 유모라고?"
"우리는 우유로 자랐잖아요."

우리 말을 들은 선생님이
껄껄 웃으며 무릎을 쳤어요.

미역국을 먹다

50

무슨 뜻일까?

'미역국을 먹다'는 '미역으로 끓인 국을 먹는다'는 뜻이 아니야.

'시험에 떨어지다', '퇴짜를 맞다'는 뜻이지.

이럴 때 쓰는 말이야!

아기 낳는 것을 '해산(解産)'이라고 해요.

일본이 우리나라를 빼앗기 위해

우리나라 군대를 해체시킨 것도 '해산(解散)'이에요.

'해산(解産)'과 '해산(解散)'은 다른 말이지만 소리가 같아서,

해산한 산모의 '미역국을 먹다'와

군대 해산으로 일자리를 잃은 걸 말할 때

모두 '미역국을 먹다'라고 했대요.

그때부터 시험에 떨어진 것도

'미역국을 먹다'라고 말하게 되었대요.

자유 평화 통일

자유, 평화, 통일이는
유치원 친구지만 초등학교가 모두 달라요.
오랜만에 만났어요.
자유가 평화에게 물었어요
"너, 영재학교 시험 봤다며?"
"미역국을 먹었어."
"시험 결과를 묻는 거잖아."
"미역국 먹었다니까."
자유가 머리를 갸웃거리다가
다시 물었어요.
"네 생일이었어?"
통일이가 자유의 말에
킥킥거렸어요.
"으휴, 멍청이!
넌 하나만 알고 둘은 모르니?
미역국을 먹었다는 건
시험에 떨어졌다는 말이잖아."

"미역국을 먹었다"

51

발걸음이 가볍다

무슨 뜻일까?

'발걸음'은 발을 옮겨 걷는 행동이야. '발걸음이 가볍다'는 건

'즐겁고, 신나고, 기분이 상쾌한 상태로 걷는 것'을 말해.

반대로 불만스럽고 기분이 나쁘고 우울하면 '발걸음이 무겁다'고 하지.

이럴 때 쓰는 말이야!

오늘 수학시험은 조금 어려웠어요.

기대하지도 않았는데 100점을 받았어요.

기뻐할 엄마 얼굴을 떠올리니 발걸음이 가벼웠어요.

그런데 집에 왔더니, 엄마가 방에서 나오지 않았어요.

시골에서 온 할머니에게 혼이 났대요.

내 방으로 들어가는 발걸음이 무거웠어요.

입학식 날

이름표가 바른가
다시 한번 살피고

선생님, 안녕!
인사도 연습하고

똑바른 옷자락도
몇 번이고 고쳐 보고

깡충깡충
폴짝폴짝
발걸음도 가벼운
학교 가는 길.

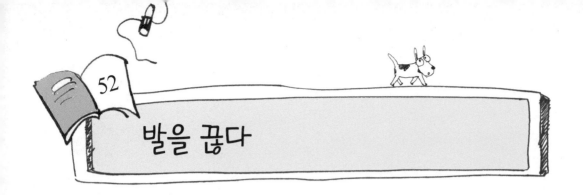

발을 끊다

무슨 뜻일까?

'끊다'는 '잘라내다'란 뜻이니까,

'발을 끊다는 발을 잘라낸다는 말이구나.'라고 생각하면 곤란해.

'발을 끊다'는 '발걸음을 하지 않는다'는 뜻이야.

'이제부터 오가지도 않고 관계를 갖지 않겠다'는 말이지.

이럴 때 쓰는 말이야!

프랑스 황제 나폴레옹이 러시아 원정에 실패하고 엘바 섬에 갇히자,

그의 부하들은 모두 발을 끊었어요.

하지만 나폴레옹은 끝내 엘바 섬을 탈출해서 프랑스로 돌아왔어요.

이때 신문은 나폴레옹의 자취에 따라 이렇게 말을 바꾸어 갔대요.

『코르시카의 괴물, 유배지를 도망치다』

→『죄수 나폴레옹, 엘바 섬을 탈출하다』

→『나폴레옹, 옛 부하를 모으다』→『나폴레옹 장군, 귀국길에 오르다』

→『나폴레옹 황제, 파리에 입성하다』

세상은 언제나 이렇게 간사하다니까요.

까치 부부

'짓자 짓자' 하면서
집을 지은 까치 부부

'낳자 낳자' 하면서
알을 낳았어요

'가자 가자' 하더니
새끼들과 떠났어요

'끊자 끊자' 하더니
정말 발을 끊었어요

도시는 공해가 심해서
살 수가 없대요.

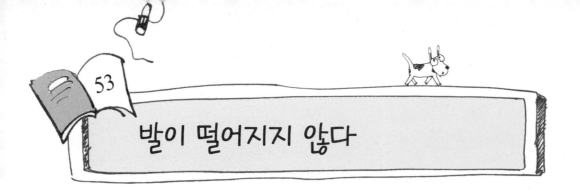

53

발이 떨어지지 않다

 무슨 뜻일까?

발이 떨어지지 않으면 앞으로 갈 수가 없지.
'발이 떨어지지 않다'는 '애착, 미련, 걱정 같은 것 때문에
마음이 놓이지 않아 선뜻 떠날 수가 없다'는 뜻이야.

 이럴 때 쓰는 말이야!

기다리고 기다리던 여름 휴가,
아빠 엄마와 바닷가에서 헤엄칠 생각에 설렙니다.
엄마는 편찮으신 할머니를 집에 두고 갈 생각에
발이 떨어지지 않는다고 합니다.
그래도 수영복을 챙기는
우리는 손놀림이 빨라집니다.

애착 : 몹시 사랑하거나 끌려서
　　　떨어지지 않는 마음.

116

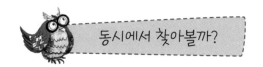

여름 바다

피서여행이 끝나는 날
여름 바다를 떠나려니
발이 떨어지지 않았다

하늘과 맞닿은 수평선
싱싱하게 꿈틀대는 물결
나를 포근히 감싸던 바다

알락달락 수영복으로 뛰어들면
한 마리 금붕어처럼
고운 비늘이 돋을 것 같은
여름 바다를 떠나려니
차마 발이 떨어지지 않았다.

54

배꼽을 잡다

쏙 들어가 있는 배꼽을 어떻게 잡느냐고?

맞아. 그런 뜻은 아니야.

'배꼽을 잡다'는 '크게 웃는다'는 뜻이야.

웃음을 참지 못하고 배를 잡고 웃는다는 말이지.

비슷한 말에는 '배꼽을 빼다', '배꼽을 쥐다'가 있어.

이럴 때 쓰는 말이야!

우리 반에는 '웃음시간'이 있어요.

선생님이나 우리들이 우스운 이야기로

모두를 웃기는 시간이지요.

선생님이 우리에게 물었어요.

"너희들 배꼽에 이름은 썼니?"

우리는 어리둥절한 표정을 지었어요.

"웃다가 배꼽이 빠지면 이름이 있어야 주인을 찾아줄 것 아니니?"

선생님 말씀에 우리는 배꼽을 잡고 웃었어요.

118

철민이

우리 반 철민이는
개그맨이 꿈이래요
쉬는 시간마다 아이들을 웃겨요
엉덩이를 씰룩거리며 춤을 추고
바닥을 기어 다니며
원숭이 흉내도 내요

까르르, 깔깔깔
아이들은 철민이만 보면
배꼽을 잡아요
우리 교실은
쉬는 시간마다
웃음이 넘쳐나요.

55 뱃가죽이 등에 붙다

초등 5학년 2학기 교과서 수록

무슨 뜻일까?

뱃가죽과 등 사이에는 몸 안의 오장육부가 다 들어 있는데

어떻게 뱃가죽이 등에 붙을 수 있느냐고?

'뱃가죽이 등에 붙다'는 말은

'너무 굶어서 뱃속이 텅 비었다'는 뜻으로 하는 말이야.

이럴 때 쓰는 말이야!

허풍이 좀 심한 사람이 있었어요.

친구에게 전화를 해서는 이렇게 자랑을 했어요.

"먹는 것을 줄여도 안 되기에 단식을 했지.

90킬로그램이 넘던 몸무게가 지금은 50킬로그램이야.

뱃가죽이 등에 붙다 못해 등 뒤로 나가 버렸다니까."

"그럼 네 몸뚱이는 없어졌겠구나."

"아니야. 뱃가죽과 등가죽의 자리가 바뀐 거야, 하하하!"

오장육부 : 내장을 통틀어 부르는 말.

120

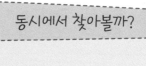

땅그랑 땅그랑

뱃가죽이 등에 붙은
아프리카 어린이 사진을
보았어요

땡그랑 땡그랑!
동전 한 닢 두 닢 넣을 때마다
사진 속 어린이들 입가에
웃음이 피어나요.

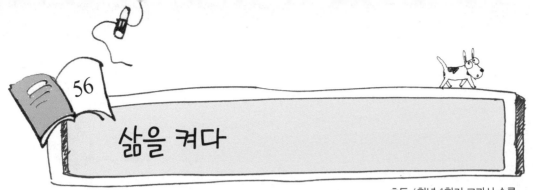

56

삶을 켜다

초등 6학년 1학기 교과서 수록

무슨 뜻일까?

목숨, 생명 등 살아있는 것과 살아가는 일을 '삶'이라고 해.

전등을 켜면 집 안이 밝아져서 활동을 할 수 있게 되지만,

전등을 끄면 깜깜해서 아무것도 못하잖아.

'삶을 켠다'는 말은 '살아 움직이게 한다'는 뜻이야.

이럴 때 쓰는 말이야!

추운 겨울날, 혼자 사는 어르신들은

난방을 하지 못해 방이 추웠어요.

소식을 들은 동네 젊은이들이 연탄을 들고 왔어요.

연탄을 피웠더니 방이 따뜻해졌어요.

어르신들은 기운이 난다며 활짝 웃으셨어요.

그 모습을 보니 삶이 켜지는 것 같았어요.

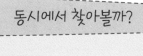
텔레비전

저녁밥을 먹고
둘러앉은 식구들
텔레비전만 쳐다본다

한자리에 모였지만
텔레비전 소리만 난다

텔레비전을 끄고
두런두런 이야기를 나누어
우리의 삶을 켜자.

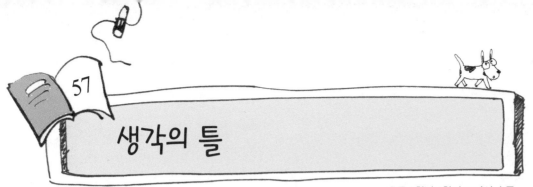

57

생각의 틀

초등 5학년 1학기 교과서 수록

 무슨 뜻일까?

사람은 누구나 자기만의 '생각의 틀'을 가지고 있어.

편견이나 고정관념 같은 게 바로 '생각의 틀'이야.

반딧불이는 매우 깨끗한 곤충인데 '개똥벌레'라는 이름 때문에

더러운 벌레라고 생각하는 사람이 많아.

'생각의 틀'에 갇혀 있기 때문이야.

 이럴 때 쓰는 말이야!

파블로프는 개에게 먹이를 줄 때마다 종을 쳤어요.

날마다 그렇게 훈련을 시켰지요.

나중에는 먹이를 주지 않아도 종만 치면 개가 침을 질질 흘렸대요.

개의 머릿속에 종을 치면 먹이를 준다는 것이

생각의 틀로 굳어져 있기 때문이지요.

생각의 틀

억센 철사울타리가
약한 나팔꽃 덩굴을 잡아 주네
강한 것이 약한 것을
윽박지른다는 생각의 틀이
잘못임을 보여 주네

키다리 해바라기와
앉은뱅이 채송화가
정답게 어울려 사네
큰 것이 작은 것을
억누른다는 생각의 틀이
잘못임을 말해 주네.

58 세상을 떠나다

무슨 뜻일까?

옛날 사람들은 '사람이 죽는다'는 것을

이 세상에 왔다가 다른 세상으로 떠나가는 것이라고 생각했어.

그때부터 사람이 죽으면 '세상을 떠나다'라고 했지.

'죽다, 숨지다, 돌아가다, 저 세상으로 가다'가 모두 같은 뜻이야.

'오랫동안 병원에 있더니 결국 세상을 떠났어.

젊은 나이에 세상을 떠나다니, 참으로 안타까운 일이야.'와 같이 쓰이지.

이럴 때 쓰는 말이야!

학교에서 돌아오니, 어머니가 검은 상복을 입고 있었어요.

눈에는 눈물이 가득했어요.

"엄마, 무슨 일이야?"

"시골에 계신 할머니가 세상을 떠나셨단다."

출장 갔던 아버지도 오셨어요.

우리 식구들은 모두 시골로 향했어요.

편지

수학시간에 내 짝이
문제는 풀지 않고
공책에 무엇을 썼어요

"애, 무얼 그렇게 쓰니?"
"편지를 쓰는 거야."

자기를 걱정할까 봐
세상을 떠난 엄마에게
편지를 쓴다고 했어요

그러는 내 짝을 보니
콧날이 시큰했어요.

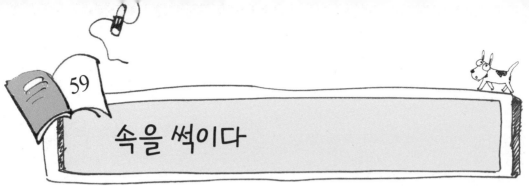

속을 썩이다

초등 5학년 1학기 교과서 수록

무슨 뜻일까?

'속을 썩이다'는 '마음이 괴롭게 지낸다'는 뜻이야.

'속이 상한다, 걱정이 많다, 골치를 썩이다'와 같은 뜻이지.

'썩이다'는 정신적, 심리적으로 괴롭게 할 때 쓰고,

'썩히다'는 세균에 의해 물질이 상하게 되거나

가진 재주를 쓰지 못하고 내버려 두게 될 때 쓰지.

헷갈리니까 잘 구별해야 돼.

이럴 때 쓰는 말이야!

"동생이 말썽을 부려서 엄마 속을 썩여요."

"교실의 의자 다리가 삐걱거려서

며칠째 속을 썩이고 있어요."

'속을 썩이다'는 이럴 때 쓰는 말이에요.

당산나무

마을의 당산나무
속을 썩이고 있어요

사람들이
명을 달라 복을 달라
자꾸 빌어서 그렇대요

어머니도 우리가
해달라는 것은 많은데
다 해주지 못해서

당산나무처럼
속을 썩이고 있대요.

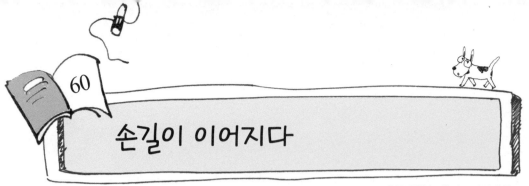

손길이 이어지다

초등 5학년 1학기 교과서 수록

 무슨 뜻일까?

'손길이 이어지다'는 '소외된 이웃들에게 보내는 따스한 나눔의 손길,

어려운 사람들을 생각하는 온정의 손길이 이어지다'와 같이

좋은 일에 많은 사람이 잇달아 참여하고 있다는 뜻이야.

'도와주는 마음이 끊어지지 않고 계속된다'는 말이지.

 이럴 때 쓰는 말이야!

수빈이가 교통사고를 당했어요.

수빈이는 부모님이 돌아가셔서 할머니와 둘이서 산대요.

그 소식을 들은 반 친구들이 돕겠다고 나섰어요.

학부모님들의 따뜻한 손길도 이어졌어요.

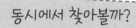

과일 농사

과일 농사는
심어만 놓으면 된다고?
그런 소리 하지 마!

꽃 솎기부터 거둘 때까지
계속 돌보고 관리해야 해
비닐도 깔아 주고 봉지도 씌워 주고
사람 손길이 이어져야 해.

꽃 솎기 : 품질이 좋은 열매나 꽃을 얻기 위해
적당히 꽃을 따 주는 일.

131

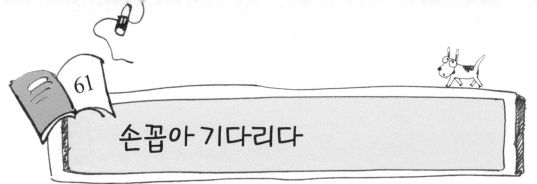

61

손꼽아 기다리다

초등 4학년 1학기 교과서 수록

무슨 뜻일까?

'손꼽아 기다리다'는 말 그대로

'손가락을 하나하나 꼽으며 기다린다'는 뜻이야.

방학 때 미국으로 가족여행을 가기로 했다고 생각해 봐.

방학하는 날까지 며칠이나 남았는지 손가락을 꼽으면서 헤아리게 되겠지?

이럴 때 '손꼽아 기다린다'라고 해.

'매우 간절한 마음으로 기다리는 것'을 뜻하는 말이지.

이럴 때 쓰는 말이야!

무엇이든 물어보면 자동으로 척척 대답하는 기계가 만들어졌대요.

'척척박사'라는 이 기계는 어려운 문제들을

그림과 사진으로 쉽게 설명해 준대요.

공부할 것을 말하면 곧바로 알려준대요.

센서가 있어서 말을 감지하는 거지요.

그런데 아직은 살 수가 없대요.

빨리 사서 공부할 수 있는 날을 손꼽아 기다리고 있어요.

132

기다림

쌩쌩, 눈바람에 밟혀서
삭삭, 가랑잎은 부서져도
쫑쫑, 텃밭 속 씨앗들은
새봄을 손꼽아 기다리지

윙윙, 문풍지가 울고
덜덜, 별들은 떨고 있는데
꽁꽁, 냇물 속 붕어들은
새봄을 손꼽아 기다리지

죽죽, 고드름 수염 달고
종종, 웅크린 초가집에
콜콜, 잠이 든 아기들도
새봄을 손꼽아 기다리지.

손발이 닳도록 빌다

62

무슨 뜻일까?

'신이 닳다'는 '오래 신어서 밑창이 얇아진 것'을 말하고,

'약이 닳다'는 '약이 달여져 졸아든 것'을 말해.

손발이 어떻게 얇아지거나 졸아드냐고?

맞아. '손발이 닳도록 빌다'는 '잘못을 용서해 달라고,

또는 소망을 들어 달라고 간절히 부탁한다'는 뜻이야.

비슷한 말에는 '손이 발이 되도록 빈다'가 있지.

이럴 때 쓰는 말이야!

"경재 엄마, 이것 좀 보세요."

훈이 엄마가 훈이 얼굴을 가리켰어요.

입술이 찢어지고 여기저기 반창고도 붙어 있었어요.

"장난치다가 그랬다지만, 얼굴이 이게 뭐예요?"

"훈이 엄마, 용서해 주세요. 아들을 잘못 가르친 제 잘못이에요."

경재 엄마는 손발이 닳도록 빌었어요.

파리

두 손을 싹싹 빌며
먹을 것 좀 달래요

두 발을 싹싹 빌며
마실 것도 달래요

얼마나 얻어먹겠다고
손발이 닳도록 빌까요.

135

63

손발이 맞다

초등 6학년 1학기 교과서 수록

 무슨 뜻일까?

'맞다'에는 '맞이하다, 일을 당하다, 어긋남이 없다' 등의 뜻도 있지만,

여기서는 '잘 어울린다'는 뜻이야.

무엇을 할 때 생각과 행동이 서로 잘 맞을 때 '손발이 맞는다,

호흡이 맞는다'라고 해.

그 반대의 경우에는 '손발이 따로 논다'고 하지.

 이럴 때 쓰는 말이야!

체육시간이에요. 손은 농구를 하고 싶은데, 발은 축구를 하겠대요.

"좋아, 너는 농구를 해. 나는 축구를 할게."

"그래. 너 없이도 축구 할 수 있어."

손과 발은 각자 자기 생각대로 했어요.

그러나 손과 발은 아무것도 할 수 없었어요.

어떤 일이든 손발이 맞아야 잘할 수 있어요.

체육시간

손이 맞으면
일을 잘하게 되고

발이 맞으면
잘 움직이게 되고

손발이 맞으면
무엇이든 잘하지요

손과 발은
실과 바늘 같답니다.

64

손사래를 치다

초등 4학년 2학기 교과서 수록

 무슨 뜻일까?

안 된다고 거절할 때나 그것은 아니라고 부정할 때,

또는 떠드는 사람을 향해서 조용히 하라며

손을 펴서 흔들어 보이는 것을 '손사래를 치다'라고 해.

 이럴 때 쓰는 말이야!

우리 소는 순해서 들에 갈 때 말처럼 타고 갑니다.

철이네는 소가 없어서 내가 소를 타고 가는 것을

부러워합니다.

"철이야, 너도 한번 타 봐."

내가 권하면 철이는 소가 무섭다며

손사래를 칩니다.

놀이터에서

오르락내리락
아기 토끼 두 마리가
사이 좋게
시소를 탑니다

뒤뚱뒤뚱 불곰이
같이 타자니까
아기 토끼들이 깜짝 놀라
손사래를 칩니다.

139

65

손에 땀을 쥐다

초등 4학년 1학기 교과서 수록

무슨 뜻일까?

몹시 긴장하면 손에 땀이 나잖아?

아슬아슬한 상황, 어려운 고비, 마음이 조마조마할 때,

애닯고 간절한 순간을 나타낼 때 '손에 땀을 쥔다'고 해.

몹시 긴장(緊張)한 것을 뜻하는 말이야.

이럴 때 쓰는 말이야!

서커스를 보러 갔어요.

공중그네도 아슬아슬해서 손에 땀을 쥐게 했지만,

둥근 그물망 속에서 다섯 사람이 엇갈리게 달리는

오토바이 묘기는 더 아슬아슬해서

계속 손에 땀을 쥐었어요.

이어달리기

운동회 날, 이어달리기를 했어요
내가 마지막 주자였어요

배턴을 이어받아야 하는데
덜덜 떨렸어요
앞이 까마득했어요
손에 땀을 쥐었어요

하지만
손을 바지에 쓱 닦고
이를 앙다물고
배턴을 받았어요
쏜살같이
앞으로 달려 나갔어요.

66

숨을 거두다

초등 5학년 1학기 교과서 수록

무슨 뜻일까?

'숨'은 살아 있는 동안에 하는 호흡이고

'거두다'는 곡식 따위를 추수하는 것이니까,

'숨을 거두다'는 '숨을 어딘가로 가지고 간다'는 뜻이야.

죽는다는 말이지.

'죽다, 숨지다, 숨 넘어가다, 숨 끊어지다'와 같은 뜻으로 쓰이지.

이럴 때 쓰는 말이야!

수업시간이 되었는데도 몇몇 아이들이 보이지 않았어요.

창 밖을 보니 화단에 있었어요.

"안 들어오고 거기서 뭐하니?"

"참새가 죽어서 묻어 주고 있어요."

"얘, 듣기 좋게 숨을 거두었다고 해."

"네."

아이들은 참새 무덤을 만들고 십자가도 세웠어요.

산불과 엄마 꿩

산불이 바람에 날려
꿩의 둥지를 덮쳤어요

미처 피하지 못한
아기 꿩들을
엄마 꿩이 품어 안았어요

산불이 꺼지자
숨을 거둔 엄마 꿩의 품에서
아기 꿩들이 나왔어요.

숨을 죽이다

초등 6학년 1학기 교과서 수록

무슨 뜻일까?

'숨을 죽이다'는 '사람이 죽는다'는 말이 아니야.

'숨소리도 들리지 않을 만큼 조용히 한다'는 뜻이야.

이럴 때 쓰는 말이야!

뱀 두 마리가 서로 노려보고 있었어요.

얼마나 배가 고팠던지 서로 잡아먹겠다고 상대의 꼬리를 물었어요.

어떻게 되나 모두 숨을 죽이고 지켜보고 있는데,

뱀은 서로 꼬리부터 삼키기 시작했어요.

서로가 상대의 입속으로 서서히

빨려 들어갔지요.

어! 어느 순간 뱀이 사라졌어요.

서로 상대에게 잡아먹혀서

두 마리가 모두 없어진 거예요.

144

가랑잎

조심조심 숨을 죽이며
아기 방을 가만히 엿보고

살금살금 숨을 죽이며
잠든 강아지를 다독여 주고

스륵스륵 숨을 죽이며
빙판에서 미끄럼을 타다가

소근소근 숨을 죽이며
담 밑으로 가서 쪽잠을 잔다.

쪽잠 : 짧은 틈을 타서
불편하게 자는 잠.

68

시치미를 떼다

초등 2학년 1학기 교과서 수록

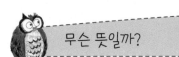

무슨 뜻일까?

'시치미를 떼다'는 '알고도 모르는 체하는 행동'을 뜻해.

같은 뜻으로 쓰이는 말에는 '오리발 내민다, 천연덕스럽다' 등이 있지.

이런 말을 잘 쓰면 글이 매우 재미있게 되지.

이럴 때 쓰는 말이야!

짝이 내 연필을 감춰 놓고 시치미를 뗐지만,

난 그 아이의 모자 속에서 연필을 찾아냈어요.

"여기 있는 거 어떻게 알았니?"

"네 눈길이 자꾸 모자로 가니까 알았지."

"치, 눈치가 백 단이구나."

장난꾸러기 내 짝이 실실 웃었어요.

뭘 또 감춘 게 틀림없어요.

난 얼른 없어진 게 없는지 책가방부터 살폈어요.

아기와 장난감

아기가 새록새록
잠이 들면
장난감도 소록소록
같이 자고

아기가 또록또록
눈을 뜨면
장난감도 생글생글
깨어나고

아닌 체 속닥속닥
시치미를 떼지만
내가 왜 그걸 몰라
꼭 껴안고 자는 걸.

69

싹이 노랗다

 무슨 뜻일까?

색깔도 느낌이 있어.

초록색은 생명과 젊음이 느껴지고 노란색은 연약한 느낌을 주지.

새싹은 노란색도 있고 초록색도 있는데,

노란색은 싱싱하게 자라지 못할 것 같은 느낌이 들어.

'싹이 노랗다'는 말은 '훌륭하게 자랄 가능성이 적다'는 뜻이야.

 이럴 때 쓰는 말이야!

"애비가 게으름뱅이라, 아들도 닮았나 봐."

"왜, 그 집 아들에게 무슨 문제라도 있어요?"

"애비가 어려서 학교도 안 가고

맨날 땡땡이 치더니 아들도 똑같다네."

"쯧쯧, 그 녀석도 싹이 노랗구먼."

그 아빠에 그아들

아빠는 나만 보면
싹이 노랗대

공부를 하라면 만화책만 보고
학원에 가라면 놀이터에서 놀고
숙제를 하라면 게임이나 한다고
싹이 노랗대

난 도대체 누굴 닮았을까?
"아빠! 아빤 어릴 때 어땠어?"
"나? 나는 싹이 파랬지."

아빠 말을 믿어도 될까?

70

애타는 얼굴

초등 5학년 1학기 교과서 수록

무슨 뜻일까?

여기서 '애'는 '창자'를 가리켜.

그래서 '애타다'는 '창자가 탄다'는 말이야.

'너무 근심스럽거나 안타까워서 창자가 타는 것처럼 마음이 죈다'는 뜻이지.

'애타는 얼굴'은 '창자가 타는 것처럼 괴로워하는 표정'을 말하는 거야.

이럴 때 쓰는 말이야!

계란들 속에 오리 알이 하나 섞여 있었나 봐요.

병아리들이 깨어날 때, 아기 오리 한 마리도 같이 깨어났어요.

병아리와 함께 놀던 아기 오리가 물웅덩이로 들어갔어요.

"안 돼, 어서 나와!"

암탉이 놀라서 달려갔지만, 아기 오리는 즐겁게 헤엄치고 놀았어요.

암탉은 애타는 얼굴로 물웅덩이 둘레를 빙빙 돌며 꼭꼭 거렸어요.

엄마의 얼굴

경주로 수학여행을 가던 버스가
충돌했다는 뉴스를 보고
엄마 얼굴이 하얘졌어요

수학여행 간 오빠가
다쳤을까 걱정하는
엄마의 애타는 얼굴을 보니
나도 덩달아 애가 탔어요.

71

약이 오르다

초등 4학년 1학기 교과서 수록

 무슨 뜻일까?

'약이 오르다'는 원래 고추, 담배 등 자극성 작물이 잘 자라서

자극적인 성분이 많은 것을 뜻하던 말이야.

그런데 그 뜻이 넓혀져서 사람의 성질을 나타내는 말로 쓰이게 되었지.

 이럴 때 쓰는 말이야!

"일 년에 몇 뼘 정도만 크는 명아주도 1미터 이상 자라는 인삼과 함께 심으면,

인삼처럼 가지도 없이 외줄기로 1미터 이상 자란단다. 신기하지?"

"그거야 인삼밭에 있는 거름의 기운을 받아서 약이 오르니까 그런 거죠."

"아니야. 인삼이 자라는 것을 보니까 약이 올라서 그런 거야."

"그 말이 그 말이잖아요?"

"아니지. 네 말은 거름기가 좋다는 뜻이고,

내 말은 명아주의 시기심을 말하는 거니까 다른 말이야.

표현이 같다고 뜻도 같은 건 아니란다."

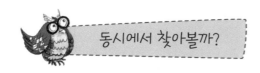
탱탱탱

배불뚝이 복어는　　　무서워서 탱탱탱
배를 탱탱 부풀려요　　겁을 주려 탱탱탱

화가 나서 탱탱탱　　　빵빵한 공이어요
약이 올라 탱탱탱　　　탱탱한 풍선이어요.

72

어깨를 으쓱거리다

초등 3학년 1학기 교과서 수록

무슨 뜻일까?

뽐내거나 잘난 체하며 어깨를 위로 치키는 것을

'어깨를 으쓱거리다'라고 해.

비슷한 말에는 '으스대다, 어깨에 힘을 주다' 등이 있어.

'어깨를 으쓱거리다'의 반대말은 '어깨가 처지다'야.

기가 죽거나 맥이 빠졌다는 뜻이지.

이럴 때 쓰는 말이야!

급식시간이었어요.

선생님이 식판을 들고 내 앞자리로 오셨어요.

"남기지 말고 골고루 먹어야 해."

반찬 하나 남기지 않고 다 먹었어요.

선생님이 잘했다며 머리를 쓰다듬어 주셨어요.

나는 어깨를 으쓱거렸어요.

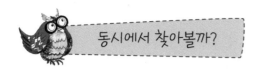
시장에서

할머니 한 분이
장바구니를 두 개나 들고
버스정류장으로 가셨다

얼른 다가가서
한 개를 들어 드렸다

보고 있던 어른들이
착한 아이라고 말씀하셨다
나는 어깨를 으쓱거렸다.

73

어둠이 깔리다

초등 5학년 2학기 교과서 수록

무슨 뜻일까?

돗자리나 이불 같은 것을 펴는 것을 '깔다'라고 해.

'깔리다'는 '펴놓게 된다'는 뜻이야.

'어둠이 깔리다'는 어스름이 자리를 펴듯

서서히 둘레를 덮어가는 걸 말하는 거야.

어스름 : 조금 어둑한 상태나 그런 때.

이럴 때 쓰는 말이야!

오빠와 같이 장에 가신 어머니를 마중 나갔어요.

서쪽 하늘에 노을이 지고 있었어요.

오솔길에는 어둠이 깔리고 있었지요.

저 멀리 타박타박 엄마 발소리가 들렸어요.

"엄마다!"

오빠와 나는 손을 꼭 잡고

어둠이 깔린 오솔길을 뛰어갔어요.

놀빛 같은 살살이꽃

하늘이 하도 높아
생각이 많은 계절
가냘프고 긴 목에
핼쑥한 얼굴로
한시름 앓고 일어난
소녀 같은 꽃송이

어둠이 깔리는
소슬한 가을 길에서
애잔한 모습으로
누구를 기다리나
오소소 떨고 서 있는
살살이꽃.

살살이꽃 : 코스모스의 우리말 이름.

74

얼굴을 구기다

초등 6학년 2학기 교과서 수록

 무슨 뜻일까?

'사람의 낯' 외에 '그 사람의 명예, 지위, 이름이 알려진 정도'를
말할 때도 '얼굴'이란 표현을 써.
'얼굴을 구기다'는 '얼굴을 찌푸리는 행위'를 말하는데,
'명예에 흠이 가다, 체면이 손상되다'는 뜻으로도 쓰이지.

 이럴 때 쓰는 말이야!

날씨가 소나기라도 한바탕 쏟아질 듯 흐렸어요.
밖을 내다보며 아버지가 말씀하셨어요.
"날씨가 찌뿌드드하구나."
그 말을 들은 할머니는
"그렇구나. 하늘이 얼굴을 구겼구나."라고 하셨어요.
"엄마, 얼굴을 구겼다는 게 무슨 뜻이에요?"
"하늘이 무언가 못마땅한 일이 있어서
얼굴을 찡그렸다는 뜻이란다."

아침 신문

아침 신문을 펴고 보니
친구 아빠 얼굴이 나왔어요

신문을 읽어 보니
친구 아빠가 나쁜 일을 하셨대요

아이쿠, 어쩌나!
친구 아빠만 얼굴을 구긴 게 아니라
내 친구도 얼굴을 구기게 됐어요.

75

엿볼 수 있다

초등 5학년 2학기 교과서 수록

무슨 뜻일까?

남몰래 가만히 보는 것을 '엿본다'라고 해.

'엿볼 수 있다'는 '엿볼 가능성이 있다'는 뜻이야.

비슷한 뜻으로 쓰이는 말에는 '훔쳐보다, 넘겨보다,

엿살피다, 염탐하다, 짐작하다' 등이 있어.

이럴 때 쓰는 말이야!

'고운 말 쓰기' 포스터를 그리는 시간이었어요.

모두들 좋은 생각이 떠오르지 않아 끙끙 앓고 있는데,

지연이만 후다닥 그렸어요.

"너는 참 쉽게 그리는구나."

지연이의 포스터는

구성과 색깔이 모두 좋았어요.

지연이의 타고난 재주를

엿볼 수 있었어요.

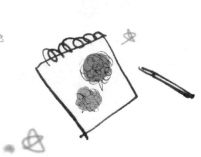

낙엽 쓸기

운동장의 많은 나뭇잎을
누가 그리
깨끗하게 쓸었나 했더니

6학년 형들이
아침 내내 쓸고
너무너무 깨끗하면
깨끗함을 모른다며

나뭇잎 몇 개를
남겨 놓았어요

6학년 형들의 멋진 생각을
엿볼 수 있었어요.

161

76

오롯이 느끼다

초등 4학년 2학기 교과서 수록

 무슨 뜻일까?

'오롯이'는 '고요하고 쓸쓸하게'라는 뜻이야.

'외롭다, 호젓하다, 홋홋하다, 홀가분하다'라는 의미도 갖고 있어.

'모자람이 없이 온전하다'는 뜻도 있지.

그러니까 '오롯이 느끼다'는 '오롯한 느낌이 든다',

즉 '모자람이 없이 온전하게 느낀다'는 말이야.

 이럴 때 쓰는 말이야!

저녁밥을 먹고 서둘러 호숫가로 나갔어요.

청사초롱으로 꾸며진 곳에

오방색으로 단청을 한 꽃배가 기다리고 있었어요.

우리 가족이 올라타자 배는 미끄러지듯 출발했어요.

눈부신 유원지의 불빛이 멀어지면서

하늘과 호수가 맞붙은 사이로

배는 멈춘 듯 흘러가고 있었어요.

밤 호수의 낭만을 오롯이 느끼기에 충분했어요.

할머니의 휠체어

내가 아기였을 때
유모차를 밀고 다니면서
나를 키웠다는 할머니

할머니 다리가 아파서
지금은 내가 할머니 휠체어를
밀고 다니지요

휠체어 탄 할머니를 보니
아기 때의 내 모습이 보여
오롯이 느끼는 것이 많아요.

우습기 짝이 없다

초등 6학년 1학기 교과서 수록

무슨 뜻일까?

'우습기 짝이 없다'라는 말은 '비길 데 없이 우습다'는 뜻이야.

'재미가 있어서 우습다'는 말이 아니라,

하는 짓이 어처구니가 없을 때 쓰는 말이지.

이럴 때 쓰는 말이야!

미술시간이었어요.

효민이가 제 짝의 그림을 보며 말했어요.

"너는 언제나 산은 파란 삼각형, 해는 빨간 성게처럼 그리더라.

우습기 짝이 없다."

짝도 효민이 그림을 보며 말했어요.

"너도 나무를 몽당 빗자루 같이 그려 놓고

내 그림을 흉보다니, 정말 우습기 짝이 없다."

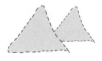

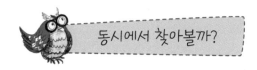
문어

빡빡머리 문어야!

네 발은 어느 거니?
발을 들어 봐!

네 손은 어디 있니?
손을 들어 봐!

손과 발이 같다고?
우습기 짝이 없네.

165

웃음을 흘리다

초등 4학년 1학기 교과서 수록

무슨 뜻일까?

'눈물을 흘리다'라는 말은 들어봤어도

'웃음을 흘리다'라는 말은 못 들어봤다고?

기뻐서 웃는 것도 아니고, 얕봐서 비웃는 것도 아니게

웃음을 보이는 것을 '웃음을 흘리다'라고 해.

이럴 때 쓰는 말이야!

아직도 젖병을 물고 다니는 아이가

배를 내밀며 뒷짐을 지고 걷고 있어요.

그 모습이 앙증맞다기보다 징글맞다는 느낌이 들어서

보고 있는 사이에

나도 모르게 웃음을 흘렸어요.

생각해 보세요.

쥐방울만 한 것이 혀짤배기소리를 하며

어른처럼 행동을 하니,

어떻게 웃음을 흘리지 않을 수 있겠어요?

166

황소와 하루살이

하루살이가 황소 뿔에 앉았어요
동물들이 황소를 보고 고개를 숙였어요
하루살이는 동물들이 자기 때문에
고개를 숙이는 줄 알았어요

하루살이는 우쭐해져서
떠날 때 거만하게 말했어요
"황소야, 잘 쉬고 간다!"

황소는 웃음을 흘렸어요
"네가 오든 가든
난 알고 싶지도 않아.
별 하찮은 것이……"

이웃사촌이다

초등 6학년 2학기 교과서 수록

무슨 뜻일까?

'이웃사촌'은 '이웃에 사는 사람이 먼 친척보다 가깝다'는 뜻이야.

'누구나 서로 가까이 지내다 보면 정이 깊어진다'는 말이지.

이럴 때 쓰는 말이야!

102호 아줌마는 우리 엄마와 이웃사촌이에요.

엄마가 아프면 죽도 쑤어 주고,

김장할 때도 도와줘요.

103호

맛있는 음식을 하면 나누어 먹어요.

103호 영웅이와 나도 이웃사촌이에요.

축구도 같이 하고, 수영도 같이 하고, 학원도 같이 다녀요.

좋은 일이 있을 땐 축하해 주고,

속상한 일이 있으면 위로해 줘요.

102호

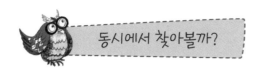

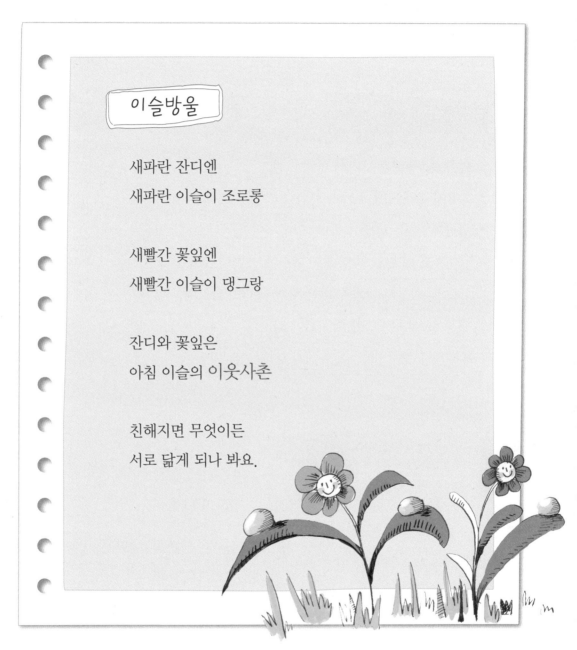

이슬방울

새파란 잔디엔
새파란 이슬이 조로롱

새빨간 꽃잎엔
새빨간 이슬이 댕그랑

잔디와 꽃잎은
아침 이슬의 이웃사촌

친해지면 무엇이든
서로 닮게 되나 봐요.

80 인상을 쓰다

초등 6학년 1학기 교과서 수록

 무슨 뜻일까?

'인상'은 '무엇을 보거나 들었을 때

그것이 우리에게 주는 느낌이나 감정'을 뜻하는 말이야.

'인상에 남다, 인상이 좋다, 인상적이다, 무뚝뚝한 인상을 준다,

날카롭고 차가운 인상이다, 인상을 쓰면서 소리를 지른다,

처음 본 인상과 다르게 마음이 참 곱더라'와 같이 쓰이지.

'인상을 쓰다'는 언짢거나 화가 나서

흉하거나 좋지 않은 표정을 지을 때 쓰는 말이야.

 이럴 때 쓰는 말이야!

"얘, 인상 좀 펴라. 그렇게 우거지상을 하고 다니면

누가 너를 좋아하겠니?"

"너처럼 염소 수염을 달고 해해거리는 인상도

좋은 인상은 아니거든!"

미현이와 동주가 인상을 쓰며

입씨름을 하고 있어요.

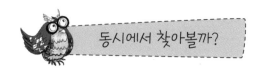

친구와 다투고

학교에서 다툰 친구
자꾸만 생각이 나서
종이에 얼굴을 그렸어요

"미워, 미워, 미워!"
종이를 마구 구겼어요

구겨진 그림 속 친구가
나를 보고 인상을 썼어요.

입을 모으다

초등 4학년 1학기 교과서 수록

 무슨 뜻일까?

입을 한데 모을 수도 있을까? 에이, 그럴 수는 없지.

'입을 모으다'는 여러 사람이 같은 의견을 말할 때 쓰는 말이야.

'참새들이 입을 모아 조잘댄다.'라고 하면

'소리를 하나로 맞춘다'는 의미이고,

'우리 반은 토요일에 체험학습을 가기로 입을 모았다.'라고 하면

'의견을 들어서 결정했다'는 뜻이야.

 이럴 때 쓰는 말이야!

토요일에 경로당 위문을 갔어요.

음식을 대접하고 노래도 불렀어요.

"어쩜 모두 요렇게 귀여울까?"

"마음씨가 착하니, 얼굴도 예쁜 거야."

할머니, 할아버지들이 입을 모아 칭찬했어요.

얼굴도 이뻐!

마음씨도 착해~

172

새들의 불평

새들이 와서 먹는다고
마당에 널어 놓던 벼를
투명비닐로 덮었어요

해가 질 무렵
배고픈 새들이 왔지만
낟알 하나 먹지 못했어요

새들이 입을 모아 쫑알거렸어요
"자린고비가 따로 없네.
오늘 밤은 굶고 자겠네."

*자린고비 : 구두쇠.

82

입이 떨어지지 않는다

초등 5학년 1학기 교과서 수록

무슨 뜻일까?

'입이 떨어지지 않는다'는 잘못이 있어서 말을 하지 못할 때나

분위기가 어색해서 말을 할 수 없을 때 쓰는 말이야.

'말이 나오지 않는다'와 비슷한 뜻이지.

이럴 때 쓰는 말이야!

아빠와 맛있는 것을 먹으러 갔어요.

"소고기 해장국 먹을래?"

"그게 어떤 음식인데요?"

"말 그대로 소고기가 든 해장국이지."

음식점 메뉴판을 가리키며 내가 물었어요.

"아빠, 그럼 화로장작구이는

말 그대로 화로에 장작을 구운 건가요?"

"뭐라고?"

아빠는 어이가 없어

입이 떨어지지 않는다는 표정을 지었어요.

174

오빠의 편지

나는 이웃집 언니가 좋아요
맛있는 과자도 주고 노래도 가르쳐 줘요
오빠도 언니가 좋대요
마음씨도 곱고 얼굴도 예쁘대요

오빠가 편지를 주면서
언니에게 전해 주래요
나는 신이 나서 갖고 갔지요

편지를 본 언니가 화를 냈어요
다시는 이런 심부름 하지 말래요
나는 아무 말도 못했어요
말을 하려고 해도 입이 떨어지지 않았어요.

83

입이 벌어지다

초등 4학년 1학기 교과서 수록

 무슨 뜻일까?

크게 놀라거나 좋아서 어쩔 줄을 모를 때 '입이 벌어지다'라고 해.

갖고 싶은 스마트폰을 선물로 받았을 때나

외계인이 눈앞에 나타났다고 상상해 봐.

입이 쩍 벌어지지 않을까?

 이럴 때 쓰는 말이야!

노예와 단 둘이 살던 랍비가 죽으면서 유언을 남겼어요.

"아들은 멀리 있으니, 내가 죽으면 재산은 모두 네가 가져라.

아들은 갖고 싶은 것 하나만 가지라고 전해라."

노예는 좋아서 입이 벌어졌어요.

랍비의 재산을 다 물려받게 된 노예는

아들에게 달려가서 유언을 전했어요.

"그래 알겠다. 그럼 나는 아버지의 유언대로

너 하나만 갖기로 하겠다."

노예는 놀라서 입이 벌어졌어요.

세상에서 가장 아름다운 것

"세상에서 가장 아름다운 게 뭘까?"
"반짝반짝 빛나는 별이요."
엄마가 고개를 저었어요

"빨간 장미꽃이요."
엄마는 또 고개를 저었어요

"일곱 빛깔 무지개요."
엄마는 또 고개를 저었어요

"그건 바로 너란다."
떼를 쓰던 동생은
입이 벌어지며 헤헤 웃었어요.

84

입이 싸다

무슨 뜻일까?

'입이 싸다'는 말이 많거나 남의 이야기를 아무데나

잘 옮기는 사람에게 하는 말이야.

'입이 재다, 입이 가볍다, 말이 헤프다'와 같은 뜻이지.

입이 싸면 시비거리가 잘 생기기도 해.

남의 말을 함부로 하지 않고 비밀을 잘 지키며 꼭 필요한

말만 하는 사람을 '입이 무겁다, 말과 행동이 신중하다'고 하지.

그런 사람이 믿음직스럽지.

이럴 때 쓰는 말이야!

내 짝 천근이는 입이 싸서

무슨 이야기를 하면 금방 아이들에게 옮겨요.

"이름은 천근인데 입은 한 근도 안 될 거야."

창수에게 천근이 흉을 봤더니,

그 말이 금방 천근이 귀에 들어갔어요.

창수도 천근이만큼 입이 쌌어요.

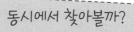

참새

뒤란 장독대에 앉아서
간장 맛이 어쩌고저쩌고
재재거리다가 날아갔다

뒤란 빨랫줄에 앉아서
빨랫감이 어쩌고저쩌고
종알거리다가 날아갔다

참새는 참 입이 싸다
잠시도 쉬지 않고
재재재재, 짹짹짹짹······.

85

일손이 모자라다

초등 4학년 1학기 교과서 수록

무슨 뜻일까?

'일손이 모자라다'는 말은
'일을 할 수 있는 사람이 부족하다'는 뜻이야.
'일꾼이 딸린다, 일할 사람이 적다,
노동력이 부족하다'와 같은 말이지.

이럴 때 쓰는 말이야!

"어머니, 장마가 곧 시작된다는데
일손이 모자라서 어쩌죠?"
어머니가 걱정스럽다는 듯이 말했어요.
할머니가 한숨을 쉬며 대답하셨어요.
"그러게. 마늘도 뽑고 양파와 감자도 캐려면
일할 사람이 많아야 하는데,
우리 식구로는 턱없이
일손이 모자라서 걱정이구나."

모내기철

먼동도 트기 전에
일어난 아버지를 따라
경운기도 깨어나고
트랙터도 기지개를 켜며
들로 나갈 채비를 한다

일손이 모자라서
고양이 손도 빌린다는
바쁜 5, 6월 모내기철
괭이와 삽도 다투어
경운기에 올라앉는다.

자취를 감추다

초등 4학년 2학기 교과서 수록

 무슨 뜻일까?

어떤 물건이나 사물이 감쪽같이 사라졌을 때나

사람이 아무도 몰래 어디로 갔는지 보이지 않을 때

'자취를 감추다'라고 해.

'남은 자국이나 자취가 없다'는 뜻이야.

 이럴 때 쓰는 말이야!

도로 가운데 맨홀에서 물소리가 들려와요.

시궁창이 흐르는데 산골짝 도랑물인 줄 아나 봐요.

졸졸졸 맑은 물소리가 나요.

차들이 쌩쌩 달려와요.

맑은 물소리가 금방 자취를 감춰요.

차 소리만 시끄럽게 남아요.

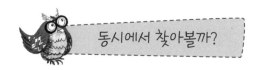

겨울바람

쌩쌩 쌩쌩
거침없이 불더니
금방 자취를 감추었네

누구네 부엌으로
불 쬐러 갔나 봐
추워서 떨던 겨울바람.

87

장관을 이루다

초등 5학년 2학기 교과서 수록

무슨 뜻일까?

'장관을 이루다'는 말은

'굉장하여 볼 만한 광경이 되다'라는 뜻이야.

'하늘로 치솟은 아름다운 봉우리들이 장관을 이루다,

하늘을 까맣게 덮으며 날아오르는 가창오리의 무리는

정말 장관을 이루지'라는 표현 들어봤지?

그 모습이 '굉장하다'는 뜻이야.

이럴 때 쓰는 말이야!

몽골 쪽에서 독수리 떼가 날아왔어요.

500마리나 되는 독수리가 3미터도 넘는 날개를

펄럭이며 날아오는 모습이 장관을 이루었지요.

하지만 공해와 먹이 부족으로

우리나라를 찾아오는 독수리 수가

해마다 줄고 있대요.

강남 가는 제비

추위가 으스스 찾아오면
제비들이 떼를 지어
어디론가 날아갑니다

흐트러짐 없이
줄을 지어 날아가는 모습은
장관을 이룹니다

제비야 제비야!
도대체 누가 반장인데
그렇게 멋지게 줄을 세우니?

적막만이 남았다

초등 5학년 2학기 교과서 수록

무슨 뜻일까?

'적막'은 '고요하고 쓸쓸하다'는 말이고,

'~만이 남았다'는 '그것뿐'이라는 뜻이야.

그러니까 '적막만이 남았다'는 말은

아무 데도 의지할 곳 없이 외로울 때나 매우 고요할 때 쓰는 말이야.

이럴 때 쓰는 말이야!

가족들과 지리산에 갔어요.

밤이 깊어지자 산장에는

적막만이 남았어요.

눈을 꼭 감고 귀를 기울였어요.

어디선가 풀벌레 소리가 들렸어요.

바람에 나뭇잎 흔들리는 소리도 들리고,

졸졸졸 흐르는 시냇물 소리도 들렸어요.

꿀벌의 죽음

교실 앞 꽃밭에
꿀벌 한 마리 죽어 있다

씨앗이 맺도록
꽃가루를 옮겨 주고

우리가 맛있게 먹도록
꿀을 모아 주던 꿀벌

어쩌다가 죽었을까?
친구들은 어디 갔나?

꿀벌이 사라진 꽃밭에는
적막만이 남았다.

정신이 사납다

초등 5학년 1학기 교과서 수록

무슨 뜻일까?

'사납다'는 말은 '성질이나 모양이 독하고 험하다'는 뜻이니,
'정신이 사납다'라고 하면 '생각이나 마음이 험하다'는 말이 되지.
그러나 여기서는 그런 뜻이 아니야. 긴장되고 어지럽다는 것이지.
무엇이 눈앞에서 바쁘게 왔다 갔다 할 때 느낌 같은 것이지.

이럴 때 쓰는 말이야!

내 동생은 참 활발해요. 놀이방에서
돌아오면 온 방 안에 장난감을 늘어놓고
그날 배운 노래와 율동을 자랑하며
떠들어서 어머니는 정신이 사납다고 해요.
그런 동생을 보고 있으면
나도 머리가 어지러워요.

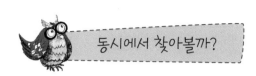
바퀴벌레

어? 저기 저기
앗! 여기 여기

여섯 개의 발마다
바퀴를 달았나?

돌아다니는 것만 봐도
정신이 사납다

여기저기 바퀴벌레
이리저리 뽀르르르…….

주먹을 불끈 쥐다

초등 4학년 1학기 교과서 수록

무슨 뜻일까?

중요한 결심을 하거나 어떤 일에 자신감을 나타낼 때
주먹을 꼭 쥐는 것을 '주먹을 불끈 쥐다'라고 해.

이럴 때 쓰는 말이야!

바람과 해님이 힘 자랑을 했어요.

"저기 가는 나그네의 외투를 누가 먼저 벗기나 내기할까?"

"좋아."

바람이 먼저 주먹을 불끈 쥐었어요.

자신 있다는 표정으로 쌩쌩 센 바람을 불었어요.

나그네는 깜짝 놀라 외투를 꼭 여몄어요.

"잘 안 되지? 이번에는 내가 해보지."

해님은 나그네에게 따뜻한 햇볕을 보냈어요.

"변덕이 심한 날이군. 금방 더워지네."

나그네는 외투를 벗어 들었어요.

발 들어 봐

공사장 트럭 밑을
기어 다니는 아기 개미

주먹을 불끈 쥐며
트럭을 향해 외쳤어요

"이쪽 발 들어 봐.
먹이 좀 찾게."

91

코가 납작해지다

 무슨 뜻일까?

'코'는 얼굴의 중심이야. 그래서 자존심을 나타내지.

'코가 납작해지다'는 '기가 죽다, 자존심이 꺾이다'와 같은 뜻이야.

'콧대가 꺾이다'라고도 하지. 반대말은 '콧대가 높아지다'야.

 이럴 때 쓰는 말이야!

철이는 자기가 컴퓨터게임을 가장 잘한다고 으스댔어요.

보다 못한 친구들이 컴퓨터게임을 잘하는

민이를 부추겼어요.

"철이 콧대 좀 꺾어 줘."

민이와 철이는 시합을 했어요.

민이가 이겼어요.

철이는 코가 납작해져서

뒤통수만 긁적거렸어요.

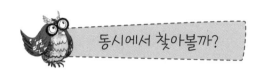

산밭에서

채소가 아니라고
산밭에서 쫓겨나고

잡초라고
미움 받던 쑥부쟁이가

꽃을 피우자
모두가 반겨 주네

업신여기던 채소들
코가 납작해졌네.

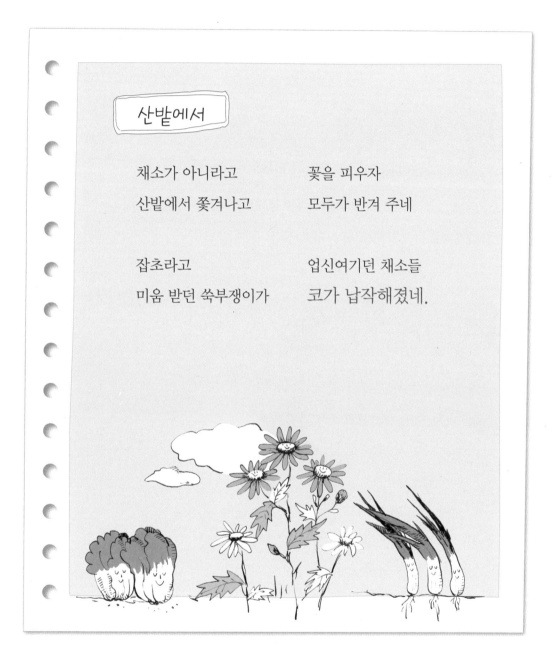

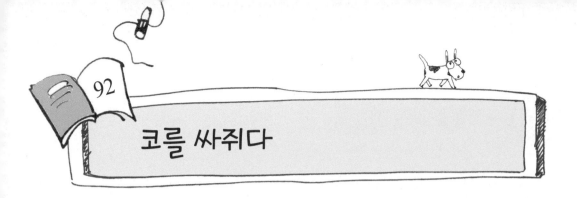

92

코를 싸쥐다

무슨 뜻일까?

'코를 싸쥐다'에는 두 가지 뜻이 있어.

하나는 '나쁜 냄새가 심해서 손으로 코를 싸잡는다'는 뜻이고,

다른 하나는 '창피를 당해서 얼굴을 들고 다닐 수 없게 되다'는 뜻이야.

이럴 때 쓰는 말이야!

내 앞에 앉은 친구는 방귀를 잘 뀌어요.

뽕, 피식, 부웅 소리도 여러 가지예요.

소리만 나면 우리는 코를 싸쥐어요.

자습시간이었어요.

또 "뽕!" 소리가 났어요.

아이들은 "독가스다"라며 화생방 훈련 때처럼

코를 싸쥐고 자리를 피했어요.

그러자 회장이 깔깔거렸어요.

"히히, 속았지? 내가 입으로 낸 방귀소리야!"

잣과 은행

은행과 잣이
아무리 맛있어도
나는 싫어

은행은 주울 때
퀴퀴한 냄새가
코를 싸쥐게 하고

잣은 딸 때
찐득한 진이
눈살을 찌푸리게 하거든.

93

콧날이 찡하다

무슨 뜻일까?

'콧날'은 '콧등'을 말해. '콧마루'라고도 하지.

'콧날이 찡하다'는 매우 슬프거나 기뻐서

가슴이 아린 듯한 느낌이 날 때 쓰는 말이야.

'참 슬프다, 매우 기쁘다'라는 말로 바꿔 쓸 수 있지.

갑자기 고향 생각이 날 때,

돌아가신 할머니가 몹시 그리워질 때

'콧날이 찡하다'고 하지.

이럴 때 쓰는 말이야!

이산가족 상봉 장면을 텔레비전에서 봤어요.

어렸을 때 잃어버린 엄마를 20년 만에 찾아

부둥켜안고 우는 모습을 보니

콧날이 찡해졌어요.

우리 형

내가 거실 유리를 깼는데
"잘못했어요. 용서해 주세요."
형이 대신 용서를 빌었어요

내가 우유를 쏟았는데
"잘못했어요. 금방 치울게요."
형이 대신 식탁을 닦았어요

엄마 몰래 형에게 물었어요
"형이 안 했잖아? 왜 그랬어?"

형이 으스대며 말했어요
"임마! 내가 형이잖아."

형의 대답에
콧날이 찡해졌어요.

"내가
형이잖아"

94

큰일을 치르다

초등 5학년 1학기 교과서 수록

무슨 뜻일까?

감당하기 힘든 일, 결혼식 등의 매우 큰 잔치나

중요한 의식 같은 것을 '큰일'이라고 하는데,

죽는 것도 '큰일을 당하다, 장례를 치르다, 큰일을 치르다'라고 해.

이럴 때 쓰는 말이야!

동해 용궁에 큰 걱정거리가 생겼어요.

"용왕님 병이 나아지지 않아 걱정이네.

이러다가 큰일을 치르겠네."

"용왕님 병을 고치려면

하루 빨리 토끼 간을 구해 와야 하네."

신하들은 토끼 간을 구해 올 궁리를 했어요.

별주부 자라가 토끼를 데리러 가겠다고 나섰어요.

바람이

바람이 과일나무를
죽자꾸나 흔드니
열매가 어지러워
정신없겠다
어이쿠! 저것 봐,
후두둑 떨어지잖아

바람이 거미줄을
죽자꾸나 흔드니
거미들이 멀미가 나서
비틀거린다
저러다가 떨어지면
큰일을 치르겠다.

199

95 퉁명을 떨다

초등 6학년 2학기 교과서 수록

무슨 뜻일까?

말과 행동이 공손하지 못하고 불쾌한 빛을 보이거나
무뚝뚝하게 표현하는 태도를 '퉁명스럽다'라고 해.
'퉁명을 떨다'는 '퉁명스럽게 행동하는 것'을 말하지.

이럴 때 쓰는 말이야!

"방방 방귀쟁이, 방귀아저씨
빵빵, 방귀소리 더 크게 내봐요.
뿡뿡, 빵빵! 아이쿠, 방귀냄새."
아이들은 방귀아저씨를 놀려요.
"뿌웅- 뿡! 나는 방귀로켓,
너희들을 모두 우주로 보내 버리겠다!"
방귀아저씨는 말로는 퉁명을 떨지만
눈은 언제나 웃고 있어요.

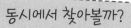

거북이

"엉금엉금 거북아, 좀 빨리 걸어라."
딱새가 날아가며 딱딱거려요
"천년이나 살 건데 뭐가 급하니?"
거북이는 마뜩찮아 퉁명을 떨었어요

"뚜벅뚜벅 거북아, 등딱지가 무겁겠다."
콩새가 보고는 콩콩거려요
"비석도 지는데 등딱지가 뭐 무겁니?"
거북이는 못마땅해 퉁명을 떨었어요.

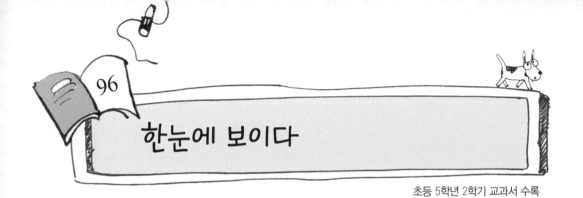

96

한눈에 보이다

 무슨 뜻일까?

'한눈에 보이다'는 '전체 모습이 한 번에 다 보이는 것'을 뜻하는 말이야.

'북악산 산등성이에서 내려다보면 서울 전체가 한눈에 보인다,

네가 아무리 능청을 떨어도

너의 속셈이 한눈에 보인다'와 같이 쓸 수 있지.

 이럴 때 쓰는 말이야!

전래동요 CD를 들어보니

옛날 사람들의 놀이생활이 한눈에 보입니다.

전래동요와 옛날놀이, 노래와 놀이가 언제나 함께였네요.

'노래'란 말은 '놀이'에서 나왔다는 것이 빈말이 아닌 것 같아요.

*빈말 : 실속 없이 헛된 말.

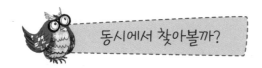
박쥐

"저는 쥐예요."   "저는 귀여운 새예요."
하면서 기어가지만   하면서 날아가지만
거짓말이란 것이   거짓말이란 것이
한눈에 보입니다   한눈에 보입니다.

97

한숨을 돌리다

초등 5학년 1학기 교과서 수록

무슨 뜻일까?

'한숨을 돌리다'는 '힘든 일을 하다가 잠시 쉬는 것'을 말해.

어려운 고비를 넘기고 조금 여유를 갖게 되었을 때도

'한숨을 돌리다'고 하지. 짧은 휴식을 가리키는 말이기도 해.

이럴 때 쓰는 말이야!

등산로가 가팔라서 힘이 들었어요.

"아빠, 여기 앉아서 한숨을 돌리고 가요."

"정상이 코앞인데 또 쉬자고?"

"그러니까 한숨 돌리고 가도 되잖아요."

자벌레

한 자 두 자 자벌레가
갈대 키를 열심히 재요

올라가며 재 보고는
꼭대기에서 한숨을 돌리고

내려오며 다시 재 보고는
밑에 앉아 한숨을 돌리고

갈대 키가 얼마인지
아직도 잘 모르나 봐요
머리를 흔들고 있네요.

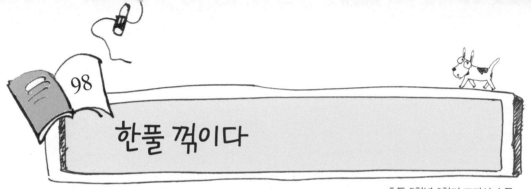

한풀 꺾이다

초등 5학년 2학기 교과서 수록

무슨 뜻일까?

'한풀'이란 끈기, 투지, 기운 같은 것이 눈에 띄게 줄어드는 걸 말해.

그래서 '한풀 꺾이다'는 '무엇을 하고자 하는 의지나

용기의 한 부분이 없어진다'는 뜻이야.

'한풀 죽다'라고도 하지.

이럴 때 쓰는 말이야!

햇살이 제법 따뜻해요.

"눈바람을 몰고 온 겨울 추위도 한풀 꺾였구나."

그러고 보니 산에 쌓인 눈은 아직 남아 있지만,

바람 끝에는 봄 내음이 묻어 있는 것 같아요.

어머니와 난 바구니를 들고 산밭으로 갔어요.

차가운 흙 위로

냉이가 살그머니 얼굴을 내밀고 있었어요.

부엉이

저무는 숲 속에서
부엉이네 한 가족
"밥해 먹자, 부엉!"
"쌀이 없다, 부엉!"

저녁 굶은 부엉이들
기가 한풀 꺾여
"배고프다, 부엉!"
"잠이 안 와, 부엉!"

207

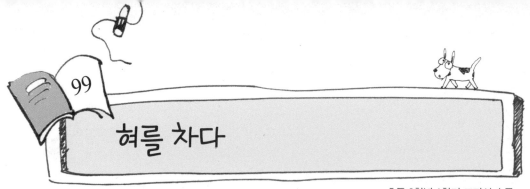

99

혀를 차다

초등 3학년 1학기 교과서 수록

무슨 뜻일까?

'혀를 차다'는 '혀를 소리 나게 끌끌거린다'는 뜻이야.

못마땅한 일이 있거나 마음속에 있는

불만을 나타내는 행동을 '혀를 차다'라고 하지.

이럴 때 쓰는 말이야!

엄마와 약국에 감기약을 사러 갔어요.

처방전을 주고 엄마와 이야기를 하고 있는데

약사 누나가 말했어요.

"여기 감기약 나오셨어요."

엄마는 혀를 차며 작은 소리로 말했어요.

"감기약이 어른인가? 왜 존댓말을 쓰지?"

찜질방에서

할머니와 찜질방에 갔어요
아이들이 마구 뛰어다녔어요

"여러 사람이 있는 데서는
뛰어다니면 안 돼!"
할머니가 조근조근 타일렀어요

잠시 후 아이들은 다시 뛰어다녔어요
소리까지 빽빽 질렀어요

"요즘 아이들은 참······."
할머니가 끌끌 혀를 찼어요.

호흡이 맞다

초등 6학년 1학기 교과서 수록

무슨 뜻일까?

'호흡이 맞다'는 말은 '마음이 맞다, 박자가 맞다,

손발이 맞다, 코드가 맞다'라는 말과 같은 뜻이야.

'의견이나 생각이 일치한다'는 뜻이지.

'너와 나는 무엇을 해도 호흡이 맞는다'라고 할 때 쓰지.

이럴 때 쓰는 말이야!

오늘은 학교에서 모둠별 화단 꾸미기를 했어요.

상희는 삽으로 땅을 파고,

민지는 거름을 넣고, 해나는 꽃을 심었어요.

막대를 세우고 비닐끈으로 울타리도 만들었어요.

우리 모둠은 척척 호흡이 맞아서

다른 모둠보다 빨리 끝냈어요.

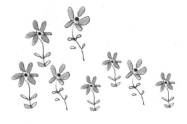

단짝 친구

네 눈 속에 내가 있고
내 눈 속에 네가 있어

기쁜 일엔 함께 웃고
슬픈 일엔 같이 울어

몸은 따로지만
마음은 하나야

우리는 호흡이 맞는
단짝 친구야.

찾아보기

이 관용구는
몇 학년 교과서에 나올까요?

교실에서 알아야 할
기본 관용구

어휘력 점프 1

이해력이 쑥쑥
교과서 관용구
100

초판 1쇄 발행 2015년 2월 9일
초판 14쇄 발행 2023년 4월 12일

글쓴이 김종상
그린이 이예숙
펴낸이 김옥희
펴낸곳 아주좋은날
기획편집 이미숙
디자인 파피루스
마케팅 양창우, 김혜경

출판등록 2004년 8월 5일 제16 - 3393호
주소 서울시 강남구 테헤란로 201, 501호
전화 (02) 557 - 2031
팩스 (02) 557 - 2032
홈페이지 www.appletreetales.com
블로그 http://blog.naver.com/appletales
페이스북 https://www.facebook.com/appletales
트위터 https://twitter.com/appletales1
인스타그램 @appletreetales, @애플트리태일즈

ISBN 978 - 89 - 98482 - 37 - 4 (64810)
ISBN 978 - 89 - 98482 - 36 - 7 (세트)

아주좋은날 은 애플트리태일즈의 실용·아동 전문 브랜드입니다.

어린이제품 안전특별법에 의한 기타 표시사항
품명 : 도서 | **제조 연월** : 2023년 4월 | **제조자명** : 애플트리태일즈 | **제조국** : 대한민국
사용연령 : 8세 이상 | **주소** : 서울시 강남구 테헤란로 201, 5층(02-557-2031)